秋菊传奇

陈源斌

著

中国法制出版社
CHINA LEGAL PUBLISHING HOUSE

再版序

这部长篇小说2006年由解放军文艺出版社出版。中国法制出版社此次再版，建议让我写一篇“序”。

理由是：

“给本书增加一篇序言，说明本书时隔多年再次出版的初衷和意义等，以及除《万家诉讼》之外三部分的写作缘由等相关内容。四篇文章应该是写于不同的时期，可以将您的写作目的等做一个简要说明，帮助读者更好地了解这四个部分之间的关系。”

所谓“恭敬不如从命”。现按照出版社所嘱，将组成长篇四个部分的写作及发表，以及改编电视连续剧和再版的相关背景情况，逐一介绍如下。

一、关于《万家诉讼》

这部长篇的第一部分发表时，取名为《万家诉讼》。这部作品曾被改拍为电影《秋菊打官司》，张艺谋导演，巩俐主演，荣获威尼斯国际电影节金狮大奖。巩俐也凭此作品，第一次获得国际电影节最佳女演员。

《万家诉讼》是在一个极为特殊的情境下写成的。

1990年12月31日，我正在农村深入生活，突然得到消息，我居住的省文联简易宿舍楼（系木质结构）深夜失火。我赶回省城，面对的是一片残烟未尽的废墟。我家住在最里面，离唯一的楼梯口最远，除爱人小孩得以逃生外，包括手稿、藏书在内的所有家产，荡然无存。全家人被临时安置在一个名叫“西园饭店”的小旅馆单人房间里，连吃饭的碗筷和洗漱的毛巾牙刷都没有。

说来奇怪，面对骤然降临的天灾，我的内心出现了从未有过的安详宁静，竟然产生了一种不可抑制的写作冲动。

在简陋小旅馆里，我铺开纸笔，小说的题目《万家诉讼》，包括第一句话“太阳好起来了”，以及“讨个说法”，从头脑中自然而然地跳了出来。

差不多在同一时间，发生了一件有点匪夷所思的事：我突然接到了《中国作家》编辑赵虹连续寄来的九封约稿和催稿信。

自我从事创作以来，接到编辑的约稿信，很正常。但在极短时间内，连续接到九封约稿和催稿信，前所未有。事后，即使是赵虹本人，也有点儿觉得不可思议。

《万家诉讼》被《中国作家》1991年第3期头条位置推出，并上封面要目头条。封面要目二条为从维熙的《黑伞》，三条为邓友梅的《死亡之乡》。有这两位著名作家的衬托，《万家诉讼》显得格外醒目。

《小说月报》当年第8期以头条位置予以转载，碰巧的是，著名作家王蒙的中篇力作《蜘蛛》也被同期二条位置转载，同样对《万家诉讼》起了加持作用。

此外，《新华文摘》当年第8期亦予以转载，《中国文学》将这部中篇翻译为英法两种文字，以头条位置刊出。

1991年8月13日，我意外收到了著名导演张艺谋的加急电报，邀我去北京洽谈电影改编事项。从张艺谋处，我才得知，《万家诉讼》改编电影一事，具有很大的偶然性和戏剧性。

当时，张艺谋正在重庆筹拍著名作家刘震云的《一地鸡毛》，开机前夕他上街办事，路过邮局时按惯例进去买文学刊物，他先买了一本《中国作家》第3期，头条是《万家诉讼》，二条、三条分别是著名作家从维熙和邓友梅的中篇。随后，他又买了一本《小说月报》第8期，也在头条位置转载了《万家诉讼》，后面是另一位著名作家王蒙的中篇。他觉得有些奇怪，信手翻阅起来，没想到被小说开头的“太阳好起来了”和“讨个说法”吸引了，便在邮局里一口气读完了这部不足3万字的小中篇，于是临时作出决定，放弃《一地鸡毛》，改拍《万家诉讼》。

在北京与张艺谋签约时，我俩曾口头约定，将在《万家诉讼》、《碧秋嫂告状》和《碧秋打官司》（小说主人公农妇名叫“何碧秋”）中选择一个做电影的名字。

《万家诉讼》的背景写的是水乡，本来，我的家乡天长及相邻的高邮（著名作家汪曾祺的家乡，两地风俗人情一致。历史上，天长和高邮曾合并为“天高县”），环绕在高邮湖畔，是电影的最佳拍摄地点。然而，1991年百年未遇的特大洪涝冲毁了地貌。张艺谋也曾让人到山东长岛取景，不是很满意。最后，这部电影拍摄地点，改到张艺谋的家乡陕西。影片中的人物对话，采用陕西方言。

这就带来了一个问题，作品中的主人公名字叫“何碧秋”，其中“碧”和“秋”，在陕西方言中，属于不能并用的“脏话”。

为此，主人公的名字最终改为“秋菊”，这部电影的名字，也由原先的《碧秋打官司》，改为《秋菊打官司》。

1992年，电影《秋菊打官司》在北京人民大会堂举行首映。此后，这部电影相继获得中国长春电影节金杯奖、大众电影百花奖、中国电影金鸡奖。最后，又摘得威尼斯国际电影节金狮大奖桂冠。

而由我原创的“讨个说法”，成了社会流行词，收入《现代汉语词典》“说法”条目。

二、关于《秋菊开会》

《秋菊开会》是这部长篇的第二部分。距《万家诉讼》发表，时隔十年，于2001年写成的。

《北京文学》2003年第9期以头条位置刊出，随即产生了较大反响。

《小说月报》当年第10期以头条位置转载，上海、浙江、陕西、河南等地的报刊相继连载，包括一家省人大刊物和一家生活类刊物，也予以全文登载。

作为“秋菊系列小说”的第二部，《万家诉讼》的续篇，这部作品写的是主人公“何碧秋”因状告村长打官司的故事被拍成电影，一举成名，被人叫作“秋菊”，并意外当选为全国人大代表后，在此期间，所经历的故事。

我曾经当过第八届全国人大代表，代表任期每届五年，除了每年到北京开会十五天左右，还包括到各地视察等代表活动，对人大代表开会的这类生活非常熟悉。写起来，可谓得心应手，驾轻就熟。

而小说中所写的核心情节，实际是我担任电视台嘉宾，参与电视台一档法制节目时，所遇到的一个真实的故事。

故事的大致情节是：

有一个自然村的村民和一家林场的职工为一座山林的归属发生纠纷。从据理力争，到言语龃龉，再到肢体冲突，事态愈演愈烈，即将发生一场大规模的流血械斗。当地政府非常重视，专门召集会议处置，并按惯例，正式下发了一个《会议纪要》。

《会议纪要》中，有这样一段话：

“这座山的归属如下：以自然生长的山林为界，属自然村村民集体所有；以人工栽种的马尾松为界，属林场所有。”

《会议纪要》里的这一段话，不但没有平息事态，反而激发了更大的矛盾。

事实上，就一座山而言，自然生长的林木和人工栽种的马尾松，是混杂交叉在一起的。如果按照《会议纪要》里那段话的字面意思理解，这座山既归自然村村民集体所有，又同时归林场所有。

通俗地说，这是“一女二嫁”。

村民和林场职工找到当地政府，又出现了意外情况：起草《会议纪要》的人调离了，接任者以不熟悉情况为由，再三推诿，不愿意承担责任。

正是这个时候，国家正式颁布了《行政诉讼法》。村民们便一纸诉状，将当地政府告上了法庭。

开庭前夕，当地政府意识到了自己的失误，于是，下发了一份文件，宣布撤销《会议纪要》。

随后，法院驳回了村民的起诉。理由是，村民是因《会议纪要》而状告当地政府的，既然当地政府正式发文撤销了《会议纪要》，诉讼的基础也就不复存在了。

村民再找当地政府，负责人答复说，你们已经告上法庭，法律高于一切，应该以法院的判决为准，我们不好过问了。

到此地步，村民的问题，即那座山林的归属，并没有得到真正解决。

村民们被逼无奈之际，恰好有位村民的亲属，当选为人大代表。这位代表在人代会期间，直接向一位领导递交了材料。这位领导作了明确批示，问题很快得到了妥善解决。

令人意外的是，《秋菊开会》不仅在互联网上产生了热烈反响。许多网友都发表了长篇评论文章；新华社记者潘海平、黄深钢也在《半月谈》发表了《从秋菊打官司到秋菊开会 十年的秋菊之变》等文章。

2005年，第三届鲁迅文学奖开评，《秋菊开会》进入中篇小说提名奖篇目。按照规定，中篇小说应该评选五部获奖作品。最后一轮投票时，《秋菊开会》名列第五。但是，只差一票，未过半数，最终没有获奖。

三、关于《秋菊打假》

《秋菊打假》是这部长篇的第三部分，写于2006年初，《小说界》2006年第2期以头条位置推出，同样产生了较大反响。

《中华文学选刊》头条和《北京文学·中篇小说月报》同时作了转载，《浙江日报》作了全文连载。全国60多家报纸发表消息。

《秋菊打假》的写作，源自我参加浙江省的一次打假活动。参加者虽然都是名作家，但是，这项活动非常正规：各人穿着定做的制服，持有盖有国家质监部门印鉴的执法证。出发行动之前，省领导亲自到场授旗。

这场打假活动，让我大开了眼界。

我被分在金华小队，采用的是长途奔袭的办法，除了吃饭不作停顿，带队的执法人员让大家放心，说反复踩过点，沿途布有暗哨，且消息严密，不会扑空的。但首战还是扑了空。问题出在狭窄山道的拐弯处，司机猛拉刹把，这时，前方正走过来两个少女，两个少女旋即转身撒开脚丫子就跑，赶紧发动车子追上去，晚了，车上带队人员手机响起来，说第一个点泄了光。这是一个很小的造假窝点，本想要现场效果，此刻关门上锁走了人，失去意义了。乘着夜色细雨继续往前，走过一段更加弯曲颠簸的路面，到了一个名叫卢西的地方，前方灯火通明，人声嘈杂，原来怕再次失手，埋伏下的暗哨从四下里靠拢过来，将此处造假窝点团团围了起来。大队人马冲进去，抓个正着。这里造的是一种甜奶，标签鲜亮艳丽，商标条码齐整，均为赝品。当日是22号，标注日期为31号，提前了9天。问营业执照卫生许可证之类，答说正准备办理。再看作坊，无门，敞窗，蝇蚊撞舞。至此，造假窝主哑口无言，算是人赃俱获了。往下再战，到了更加偏僻的一处深宅大院，主人仓促逃跑，院锁高挂，但此处是一个大窝点，不可放过，遂有警察翻墙入院开门（只有执法警察才有这种权力），当地干部则将惊魂未定的主人"请"了回来。这儿是假冒牙膏的据点，各种品牌的牙膏，中华、高露洁、佳洁士、黑妹等，应有尽有，将楼屋装得满满塞塞——连续数日不间断地昼夜"作战"，可谓斩获丰硕，有可乐、橙汁、酒、油烟机、席梦思、自行车、汽车配件（多为沪产名牌）、服装（亦为沪产名牌），包括国家明令禁止的低碳钢桁条，甚至进口化肥（多注明希腊产），难以历数，总之，市场上谁畅销谁抢手就假冒仿造谁。

经历这次打假活动，我才明白，浙江打假经历了一个过程，目前已步入比较规范的阶段，从制假者的抗法力度上也可见一斑。每到造假窝点，我们每人手持雨伞，既为防雨，亦可防身，所有角落都布有警力，稍一脱离队伍，马上有警察跟过来。各个造假窝点都养有狗，每打开一个房间，首先传出的是汪汪的狗吠，但一律拴着铁链。黑暗中围观者众多，虽是人影幢幢，但并不聒噪，更无铤而走险迹象。这种时候，会觉得所在的执法队伍没有必要这样如履薄冰，如临大敌。带队的执法者摇头介绍说，几年前可不是这样，有次集结了两百人去执法，竟遭到数千人的围困，几经解救才得以脱身。还有一件我们这个领队亲历的事，有次广东一个厂家代表参与行动，执法人员正在清点战果，有人拍了拍厂家代表的肩，一边一个，随即将他架了起来，又有围观者涌过来挡住了视线，就这样，在众目睽睽下面，来自广东的厂家代表消失了，犹如被热浪蒸发的水汽一样。事情的结局是，双方互换人质，在规定时间规定地点，警方交出羁留的造假窝主，那边交出遭绑架的厂家代表，就像港澳警匪片中屡见不鲜的那种镜头。这种镜头目前在浙江已近绝迹，或许因为这几年"不是假打确是真打的"力度所致。

《秋菊打假》发表后，引起了读者广泛的注意，也得到了一些著名作家和评论家的肯定。《中华文学选刊》在头条转载这部作品时，同时刊登了《小说界》主编、著名作家魏心宏写的一篇评论《秋菊并不只是传说》。

魏心宏的评论中，提到了《秋菊打假》的叙述和语言发生了变化。在《万家诉讼》和《秋菊开会》中，文字的叙述采用的是一种中国传统文学常见的白描手法，特点是不动声色地展示醇厚绵长的生活细节，较少探入人物的内心世界。《秋菊打假》的叙述则完全相反，全方位地进入人物的心灵深处探幽寻秘，而作品的文字也出现了极大变化，长句子时有出现，包括整个段落没有标点符号。

《秋菊打假》的不同之处，是普通读者对它的青睐。

我年轻时结识过一个朋友，对文学没有兴趣，在商界打拼多年，颇有斩获，我俩已近三十年未见。前不久对方出差路过上海，来电称务必见一面。原来对方是郑晓龙的粉丝，听说郑晓龙执导《秋菊传奇》改编的电视连续剧后，特地从网上买了一本书，看了一遍。我俩见面时，这位朋友郑重其事地告诉我，最喜欢的，是这部长篇的第三部分，《秋菊打假》。

四、关于《秋菊杀人》

《秋菊杀人》是这部长篇的第四部分，也是最后一个章节。写于2006年初，《小说界》2006年第4期以头条位置推出。

《秋菊杀人》问世后，也产生了较大反响。《小说月报》（中篇小说增刊）第4期转载了这部作品，《小说选刊》当年第9期予以评介，多家报刊发表评论和消息。

《秋菊杀人》同样源自一个真实的事件。

写作《秋菊杀人》之前，我曾经应某省纪委邀请，写一部专供内部教育用的电视片《利刃高悬》。该电视片写的是一个官员“阴错阳差”落马的过程。

故事的大致情节是：

有一位地级市的书记刚提拔为副省长，市长即将递升为书记。按照当时的官场惯例，官员升职之前，需进党校短期学习三到五个月。这位市长进党校学习期间，突然接到省纪委电话，称有事要找谈一次话。市长去纪委之前，特地给妻子打电话通报了这件事。市长在电话里说，自己曾经反复想过，应该不会出什么大问题，让妻子务必沉住气。等谈话结束，就会及时通报情况。

这位市长猜测的没错，省纪委找他谈话，其实是一次例行公事。主要是前不久，该市长曾率团出访国外，目的是招商引资。代表团成员中，除了部分当地党政官员，还有一些企业负责人。其中一家企业是中美合资。访问结束回国，企业负责人的相关费用，按规定应该在企业报销。

那位中美合资企业的中方负责人也是这么做的。可是，合资企业的美方代表不了解中国的政策和规定，对其中的两千元，提出了异议，认为应该由合资企业中方负责人个人承担。针对这一异议，上级领导做了批示，上级部门专门派人调查，认定此事并无大错，让那位合资企业中方负责人个人承担了这笔费用，事情即到此结束。最后上报材料时，需要找当时的出访代表团的负责人，即这位市长，约谈一次，所有程序便履行完毕。

省纪委谈话完毕，这位市长松了一口气，准备打电话向妻子通报。他当然不知道，这个时候，妻子在家里已经捅出了天大的娄子。

市长妻子年纪五十岁左右，正逢更年期。她接到丈夫被省纪委找谈话的电话，在家里坐立不安，越想越害怕。最后，她拿出家中的一叠存款单，总金额为八百万元，到银行要求取现。

市长妻子到银行时，已接近下班时间。接待她的窗口是位女职工，对方告诉市长妻子，按照规定，大额取现必须提前预约。

可是，市长妻子不听，坚决要求把八百万现金立马拿到手。

为此，两个人争执起来。

人们事后分析，这位市长步入政坛已久，分别担任过县长、县委书记、副市长、市委副书记、市长，他的妻子长期以来当“官太太”，从某种角度看，已经跟世俗生活严重脱节。在此之前，市长妻子想办什么事，一般都由秘书代替，总是得心应手，予取予求。

这一次，情况有点特殊，市长秘书随市长去了党校，而找其他人代取这笔巨款，既不方便，也不放心。市长妻子只能亲自出马。当然，她在银行窗口前碰了壁。于是，不免恼羞成怒，情绪失控，耍起了市长夫人的威风，开始大吵大闹。

市长妻子甚至公开威胁，如果今天拿不到这笔钱的话，她将让这位银行女职员明天卷铺盖回家。

于是，事情越闹越大，惹来了围观人群。

最终，那位银行女职员选择了报警。

警察到达现场，很快证实了市长妻子的身份，但是，另一个问题出现了：她丈夫作为一市之长，每月工资并不高，这笔高达八百万元的巨款，到底是怎么来的？

刚刚从省纪委回到党校的那位市长，又被叫了回去。这一次，市长因涉嫌“巨额财产来源不明”，而被当场留置。

往下，“拔出萝卜带出泥”，市长的问题越查越严重，最后，被判死刑，丢了性命。

事后，有人开玩笑说，那天接待市委妻子的银行女职员，手中没有刀，却杀了这位贪官市长。

《秋菊杀人》中的情节和人物，作了必要的调整。主人公“秋菊”（何碧秋）去银行办事时，遇到了市长妻子提取巨额现款，遭拒后大吵大闹并公然威胁银行窗口女职员。当别人得知这是市长妻子而退避三舍时，“秋菊”（何碧秋）挺身而出，为银行女职员作证，最终让市长夫妇受到了法律的严惩。

《秋菊杀人》同样在文坛产生了较大反响。《文艺报》发表了该报副主编、著名评论家张陵的评论文章《全世界都知道你秋菊》，其中提到：

一个普通的中国农村妇女，被作家陈源斌打造成一个具有典型意义的艺术形象，请进了中国当代文学的人物画廊中，成为广大读者熟知喜爱的文学形象，也成了一种精神文化的象征。这就是秋菊……

五、关于改编电视连续剧

自《秋菊开会》发表，时有影视公司来联系改编影视剧的事宜，不过，由于这样那样的原因，总是无果而终。

2006年，解放军文艺出版社将《万家诉讼》《秋菊开会》《秋菊打假》《秋菊杀人》集为一部长篇，定名为《秋菊传奇》正式出版。这时，浙江一家资金雄厚的影视公司，有意将这部长篇改编为电视连续剧，并指派了一男一女两位员工，专门洽谈此事。有关改编电视连续剧的相关细节，也逐一敲定。包括聘请电视界最有名的导演郑晓龙执导，也包括改编权费用数额，合同约定期限，等等。很快，由我草拟了合同，双方条款达成了一致。

就在合同即将签字盖章之际，我和影视公司之间产生了严重分歧。

矛盾的焦点，是主要演员的人选。

双方争执不下，谁也不肯让步，而且，都开始钻牛角尖。影视公司表示，不会拿经济收益去冒险；而我表示，“秋菊”这个题材，总有一天会改拍电视连续剧。与其拍得不伦不类，把这个好题材糟蹋了，还不如等一等。早拍晚拍，无非是个时间问题。

结果，拟定的合同作废，双方不欢而散。

这一等，就是九年。

2015年，我已移居上海浦东多年，有一天，我正在公园里带一岁的孙子转悠，忽然接到中央电视台一位熟识的记者电话，称有影视公司有意将《秋菊传奇》改拍为电视连续剧，已经把我的手机号码告诉对方的老总，稍后会跟我联系。

挂断电话，手机响了。对方自我介绍是北京时代光影的董事长王锦，想改拍《秋菊传奇》。

王锦是个爽快人，话语简洁，直奔主题，问这部作品改编权是否授予他人；如果改编权还在，改编权费我方出价是多少；其他方面，有什么要求；等等。

我大致说了当年跟浙江那家影视公司洽谈的情况。王锦答复说，如果改编权给他们，在导演和主演人选上将尊重我的意见。

对于改编权费，王锦说，已经过去九年，当然高于浙江那家影视公司当年商定的数额。不过，如果数额过高的话，他一个人定不下来，需要开董事会过一下程序。

王锦电话里说了一个数字，我表示认可。他随即表示，这个数额不用开董事会，他个人就可以拍板了。

接下来，是起草合同。影视公司方先由法务拟了一个，我觉得文字太啰唆且容易产生歧义。于是，由我起草一个简明实用的合同。双方条款随即达成了一致，王锦带着总经理邬大伟，赶赴上海，在我家附近的世纪皇冠假日酒店，正式签约。

鉴于电视连续剧改编拍摄过程中，可能会发生各种情况，合同中特地加了一项条款：合同即将到期时，如果电视连续剧已经通过国家广电总局备案公示，则约定期限可向后顺延两年。

双方签约后，时代光影方面即开始联系郑晓龙执导事宜，并大致确定。国家广电总局也对这部剧作了备案公示。

往下，事情变得不太顺利。由于郑晓龙的档期影响，加上出演女主角的演员一时定不下来，电视连续剧的开拍时间，一拖再拖。直到2020年，郑晓龙终于腾出手来，而女主角也敲定由赵丽颖出演，可以正式开机拍摄了。

这个时候，出现了一个技术问题：2015年双方签订的合同，约定期限为五年，即将过期。

我的一位律师朋友认为，按照合同约定期限，影视公司已无法拍摄这部电视连续剧。当初合同中的一个条款，“如果电视连续剧已经通过国家广电总局备案公示，则约定期限可向后顺延两年"，由于上次国家广电总局备案公示早已过期失效，该条款也难以成立。不过，律师朋友觉得，影视公司前期投入很大，如果严格执行合同约定，影视公司的损失将难以估计。最好的办法，是双方重新协商，影视公司再出一定数额的费用，签一个补充合同。

最后的结果是，我没有要影视公司再出费用，而是补签了一个《授权书》，其中用黑体字标出，合同约定期限无偿顺延两年。

我给北京时代光影副总张铧发微信说：

"拍摄一部作品不容易，我当然理解。祝一切顺利！陈源斌，2020.6.16，于上海浦东。"

2020年9月19日，由这部长篇小说改编的电视连续剧《幸福到万家》，在浙江宁波正式开机，郑晓龙、刘雪松、姚远联合执导，赵丽颖主演，编剧赵冬苓，制片人曹平。其间曾移师安徽黄山等地拍摄。2021年2月8日，剧组宣布该剧正式杀青。此前，该剧已入选国家广电总局2020年度电视剧引导扶持专项资金剧本重点扶持项目。随后，该剧被评为“抖音”第一届“年度最受期待的电视剧”。

据网上消息，这部电视连续剧作为广电总局重点扶持项目，将突破一剧双星限制，同时在北京卫视、上海东方卫视、安徽卫视和优酷同步播映。

六、关于这部长篇的再版

电视连续剧《幸福到万家》正式开机后，有多家出版社来联系这部长篇的再版。不过，在作品改编电视连续剧的消息公开之前，最早来联系这部作品再版的，是中国法制出版社的编辑张津。

张津跟我联系的时间是2017年4月，她并不知道这部作品即将改编为电视连续剧，考虑的是出版社的“法制”特点。我通报了跟影视公司之间的协议，双方商定，可以做先行筹备工作，等电视连续剧开机，再正式签约。

由于电视连续剧开机时间一再延后，作品的再版也跟着推迟。

当年年底，张津来微信称，她已经离开中国法制出版社。但她仍然惦记着这部作品的再版，她在微信中说：

“这本书出版社交给了我们最有实力的编辑来承接。李佳编辑，曾被评为中国好编辑，做过很多优秀畅销书。我把您的微信发给她，让她与您接洽。”

“念念不忘，必有回响，您的坚持一定会让作品获得最完美的呈现。”

“我会一直关注这部作品，为它祈祷的！”

这就是这部作品交由中国法制出版社再版的原因。

陈源斌

二〇二一年七月二十三日于上海源水新墅

目录 Contents

第一部　万家诉讼（秋菊打官司）/001

第二部　秋菊开会/053

第三部　秋菊打假/133

第四部　秋菊杀人/203

附　录

英文版序/275

致意大利翻译家弗龙佐的一封信/281

第一部

万家诉讼

（秋菊打官司）

太阳好起来了，何碧秋拿牙锹剁挑在麦田里的塘泥，剁完最后一墒了，她听说丈夫被打，将手上拾掇拾掇，回家看过伤势，转来找村长。

村长家在村东头。也不过两进排厢，一个院子。屋瓦是小瓦，屋墙是青砖实砌，院墙也是青砖实砌。门槛是用青石做的。院子里一口水井，上面一棚落光叶子的葡萄架。对面一地盆花都是枯枝杆儿，拴着一条狗。何碧秋绕过那狗，看见村长坐堂屋里呷酒。她说："你打了他，现在旁证也有了，医生诊断也有了，是个什么说法呢？"村长一哼："说法？"何碧秋说："你打他，踢他胸口，倒罢了。你还踢他下身，这是要人命，不该有个说法？"村长慢慢举杯，何碧秋说："那你就别怪我了。"

村长问："你怎么我？"何碧秋说："请政府讲理。"村长笑道："我打他又不为私。我是村长，政府不帮我，下次听谁吆喝这村的事？"何碧秋说："只怕如意算盘。"村长说："好。到乡里的路你认得吧：过了摆渡口，再走一二十里，就是了。也辛苦你了。”何碧秋见他张狂，便不再啰唆，回头收拾动身。

走了一里多路，到摆渡口了。望见岸边等渡的人已跳在船上。船工弯腰解桩上的缆绳，听见声音，虚抓绳头，等着。等何碧秋上船，说：“站稳咧。”收了绳子，换竹篙将船缓缓撑进一片白水里去。

过渡的这几个人或站或坐，都袖着手，东西放在舱里。这些人七嘴八舌让船工说，船工笑道：“你们是想东北方向的路快修好了，不坐我的船了吧？”又说：“不过是土公路，大半截又在人家地盘，一个弯儿绕十万八千里，仍不如走渡口节省。”这些人议论道：“我们王桥村，亘古就属安徽，只因造了这座水库，把路都隔断了，反被江苏抱在怀里。出个门，比登天还难，还不如划归江苏省呢。”说了一阵，船工目光落见何碧秋，问：“这位面生呀？”有认得的便替她说：“她就是万家的。”船工明白了：“怪不得你脸上有事，是你要告王长柱吧？老话讲居家莫讼，怎就到了这一步？”

何碧秋说：“村长管一村人，就像一大家子，当家的管下人，打、骂，都可以的。可他要人的命，就不合体统了。这又罢了，我登门问，他连个说法都没有。”船工听着点头：“这是他王长柱不对了。”

说话间，船身摇晃起来。船已近库汊中央，脸上觉有东西蹭擦。在岸上是很平静的，到这儿有风了。那风贴水而起，逐渐大起来，风也变冷了，刺得面皮绷紧。风搅得库水涌动，浪花乱翻开来。船工说：“有水便生风，有风便有浪，过了这段深涧，会平静的。”把竹篙收好，拽出双桨来摇。风扯出了响声，脚下舱板不停颠荡。人嘴里的词儿倏地少了，只有零星几句，声腔不很匀足。憋一口气，慢慢散出去，把一颗心徐徐放落。桨急船紧，风势果然过了，却早近这边岸来。船渐行渐稳，船工收了桨，再换篙撑起来。

这些人扯起原先的话头。船工道：“我说：在娘家青枝绿叶，嫁人后面黄饥瘦。不提它倒也罢了，一提它泪水直流。”猜了一阵，猜不准。看何碧秋脸上心事，疑想是她。船工说：“努。”将手举起。众人看他手中的竹篙，水淋淋的，不觉恍然，又有些不解瘾。这时船已傍岸，说笑几句，跳下船，各自赶路。

乡里不是原先模样了。多了一条细沙路，路边挨排栽着树，边上尽是住户，放足眼光才从这头望到那头。住户的房子三层两层一层高矮不等。何碧秋从一座大门口张见一幢六层楼，以为是乡政府，进门问了，却是乡办工厂。转弯抹角，到一个僻静旮旯，才找准了。见乡政府比早先添加了两排平房。她进一个门，说几句，有人把她领到西头一间，说："这是李公安员，你不妨跟他细说。"

李公安员小四十年纪，眉眼平常，辨认不准忠厚奸滑。见他正捧着一只凹腰茶杯看报，此时转头迎过来说："王长柱？他是托你捎信让我去喝酒吧？你回去说，他要不改酒桌上的蛮气，我再也不去。"何碧秋说："我是来告他的。"李公安员诧异道："哦？"看过旁证，看过医生诊断，皱眉说："怎么是区医院证明？还是外省的？"何碧秋说："我们王桥，往本省的路都被水隔住，只好去江苏呀。"

把前前后后说了一遍，李公安员听罢，收好旁证和诊断书，看看手表，说："食堂开饭了，你在这吃吧。"何碧秋说："不客气。"李公安员说："不是我请客。我可以帮你买饭菜票，食堂里碗筷现成，能借用的。"何碧秋说："不了。我一路过来，看见不少饭店。"李公安员说："饭店里的饭菜，斩人呢。"何碧秋说："我问讨两家面食摊，一碗面条五毛六毛，贵也贵不到哪里去。"李公安员便站起身来："我下午有个会。明天我去处理这件事，你在家等着别走。”

第二天傍中午，何碧秋见李公安员一路向这边问过来，迎上去问候道：“累您了。您是走来的？”李公安员说：“骑自行车。”何碧秋问：“从新土路绕过来的？”李公安员说：“那太远了。我车技好，这一路田埂都敢骑。只是过了摆渡，来你们村全是上坡，我推到半腰，觉得不划算，又返回去，车子交请船工代看，一来二去，刚走到这里。”何碧秋惊讶道：“你还没见过村长？”李公安员说：“我到你家看看，这就去。”

进屋看过伤势，转向村长家来。狗跳闹得凶，村长赶来喝住，连喊：“坐！坐！”一扭头看见何碧秋，不喊了，脸沉下来。李公安员自去坐了，让村长与何碧秋坐，两人都不坐。李公安员在板凳上说：“旁证、医院证明我都看了，我还看了伤势。这件事，是你办错了。”村长发毛说：“我错了？我是为自己吗？上面布置成片栽油菜，各户都通了，就他家不通。百十亩油菜夹他家一块小麦，看着像头上的疤痢。验收组下来，还没进村，看见这种场景，把分扣了，打个不及格，还限期改进。我要他补栽油菜，说了一遍，两遍，三遍，不听！用嘴不行了，不用脚用甚？”李公安员笑说：“其实你仍然用嘴好。”村长说：“是该用嘴，我恨不得拿牙咬他！”李公安员敛色道：“无论怎么说，你打人，还打伤了，这就是你的错了。”村长瞅他道：“这句话是你个人还是代表乡里说的？”李公安员不答，转脸对何碧秋说：“这样，你暂先回避一下，别走远了。”

在外面等了一会儿，李公安员出来跟她商量：“医药费由村里报销，另给些调养费和误工补贴，这部分由他私人和村里各出一半，怎样？”何碧秋说：“这一来，人不把我看扁了？我并不是要钱，只要他有个说法。”李公安员又协商说：“他人一向蛮气，又是村长，面子是第一要紧的呀。”何碧秋问：“那没说法了？”李公安员想了一想，解释说：“医药费、调养费和误工补贴由村里和他私人拿，就证明事情的你对他错，岂不正是个说法吗？”何碧秋细想在理，应下来。

回到屋里，李公安员说：“事情就这样。不算处理，叫调解、搭桥，都行。你们依我呢，我照老例在村里吃饭；不依呢，我饿肚子走回去。”在村里吃罢饭，李公安员来跟何碧秋打声招呼，又劝说几句，回乡里去了。

这边丈夫在床上问：“刚刚两次进屋的，是谁？”何碧秋说：“乡里的李公安员。我告下村长了。”丈夫急道：“你拧过他？”

何碧秋说：“李公安员敲定我对他错了。”又把医药费、调养费和误工补贴的事说了，“下午他付了钱，岂不正是个说法？”

到后晌，何碧秋转了去，狗在院子里吼叫，村长喝它，声腔里有些味道。何碧秋说：“发票带来了，收条也打了。”村长问：“总数多少？”对了数字，村长掏出一叠崭新票面，用指头捻开，数一遍，再数一遍。何碧秋想等他先递过票子，再还回去说“算了，事情也就这样了”，没容她这话出口，却见村长随手一扬，将票子撒落到地上。

何碧秋呆问道：“这是干吗？”村长拿腔道：“给你钱呀？”何碧秋说：“你打了他，不给个说法，又来污糟我！”村长说：“我是为你好，其中有个道理的。”

村长顿了顿，缓缓道：“我仍是村长，仍管着这块地皮上的三长两短，仍不免要憋住气作践你万家。地上的票子一共三十张，你捡一张低一次头，算总共朝我低头认错三十下，一切恩怨都免了。”

这般说完，又催促她弯腰捡票子。何碧秋气愤道：“上午怎么说的？”村长反问：“我上午说了吗？”何碧秋说：“并没听你一句驳词！”村长笑道：“你当我软了？李公安员过库爬埂来一趟不容易，我是给他面子。再说，这钱也不是公私各半，都是村上的。”

何碧秋怔了怔，踩着地上的票子就往回走。回家坐在床边说了，丈夫说：“我说拧不过他。”何碧秋说：“你怎不早说？”丈夫说：“我不晓得。”何碧秋啐道：“你现在晓得了呀？”丈夫叹气：“都撕破脸了。”何碧秋愣了半晌：“这个理不扳平，今后没法活。”丈夫愁道：“告不倒他，怎么办？”何碧秋咬牙道：“我带足盘缠，就住在那里！”两口子在床上翻了一夜。

睡到天亮起床，梳洗了，踩着一地银霜，过渡口来到乡里。李公安员门锁着，向别人打听，说上县里开会，三两天不定回来。何碧秋站了一会儿，慢慢想到前天见面，李公安员漏说到曾和村长同过酒桌，直疑心两人头天做好了圈套，诱她去钻。左想右想，只有上县里告这一条路可走了。

从乡里搭上进城班车，下了车，满地的人。地上的霜已化尽了，出了冬日里少见的暖阳。车站几间旧房子看着眼生。旅客都不在站里避风，在站前空地上挤成一团。空地由一遭栅栏围着，各有一宽一窄的缺口，让人和车进出。她站住让涨涨的脑子松动了，慢慢辨认准东南西北，这才挤出栅栏，沿街往城里去。街不像七八年前见过的街了，多少食摊吆喝：卖馄饨的，卖水饺的，卖阳春面的，卖红烧杂碎的，卖熏烧兔头的，卖卤猪尾巴的……将路面挤得瘪窄。何碧秋向一位面善的摊主打听，这人勒细了嗓子笑道："吃哦？"听清她问，一抹笑去，指一个地方，只见男的女的大剌剌地进去，便跟着也朝门里走，却被旁门里一个上岁数的人叫住："进去要登记的，带证件了吗？"验过身份证，让何碧秋说了开头，插道："你找错地方了。这是法院，公安局在街里呢。"何碧秋问："怎么走？"答说："笔直往前，右拐弯，再左拐弯，再右拐弯，大门里有一幢楼。你去一楼左手第三间，把诉状交给屋里的人，就是了。"何碧秋不解道："什么诉状？"上岁数的人解释说："就是控告别人的状纸呀！"何碧秋慌说："哎呀，我怎的没带！"这人安慰道："你不用着急，可以补一个嘛。"

一路过去都是买卖，锅碗瓢盆勺，油盐酱醋茶，身上头上脚上手上床上和脸面上的，吃的用的花的，述说不尽。拐弯走尽这条街，再左拐，却是一街毛线生意，满眼里鲜亮：杏红，桃红，肉红，土红，水红……铁锈红；柳叶绿，檀枝绿，墨绿……玉石绿。各种各样的黄，各种各样的蓝，各种各样的颜色。心思跟它并不搭界，眼却早花了。脱身拐过街角，差点撞到一个写字摊上。这字摊设在避风朝阳处，摊主戴副眼镜，留了胡须，一脸老气，正跟一个中年男子讨价还价：“若是家常书信、感谢信、表扬信、申请救济、请调报告，都能通融的。只是这代写检讨，一厘也不能减。”中年男子道：“不该这个价呀！”摊主说：“你骑车撞了人，还逃跑，被捉拿住，这张纸上不使出手段，怎么过关？你还不乖乖付钱！”中年男子拿着检讨书走了。

何碧秋看在眼里，询问一声，摊主答道：“可以！”铺开纸笔，这边讲完，他那边已写好了。

拿着诉状到公安局楼下，找到左手第三间，进门去，见屋里两个人穿着制服，捧着凹腰茶杯说话。何碧秋递过诉状，其中一个人接住看了，眉头直皱，递给另一个，看了也皱眉道：“这上面尽堆砌华而不实的词藻，又扣了许多吓人大帽子，主要事实经过，却陈述不清，是不管用的。”问：“你在街头字摊上写的吧？花了多少钱？”何碧秋说：“要四十，实付三十五。”两人相视一眼：“这阵子太忙，一放又乱了。真该挤些时间，把街头治安秩序好好整治整治！”

其中一个对何碧秋说：“你写诉状，应该找律师事务所呀。”何碧秋问：“它是干什么的？”这人说：“就是帮人打官司的地方。代写诉状，代理诉讼、辩护或上诉、申诉。原告、被告、刑事、民事、经济、行政，各方面，都可以的。”何碧秋问：“是公家的吧？”另一个插说：“我们政法口下属五个部门：公、检、法、司、民。司就是司法局，律师事务所又是司法局下属的一个部门。”何碧秋听罢，再请两人详细说了走法。

找到地方，见是一幢平房，大小五间屋。东西顶头两间门分别开在内走廊里，中间一副双扇式大门，门旁挂了三块招牌，一律白底黑字，字数多多少少，字迹也肥瘦不等。看这里气势，绝难比刚见过的法院、公安局楼房。看了一阵，问西顶头门里一个女的，这个女的把头埋在纸上也不抬，随手朝中间指指。何碧秋进屋去，见中门内三间没隔山墙，通做一厢大屋，放有几张办公桌，几只椅子，坐着几个人。问了一声，让她跟坐里墙角的一个人说话。

这人约摸三十小几，头上早添了些白发，捧住凹腰茶杯近前让座。何碧秋坐了，问：“怎么称呼您呢？”这人说：“我姓吴，叫小吴，叫吴律师，都行。”何碧秋叫“吴律师”，说了一遍。

吴律师问：“要不要聘请代理人？”何碧秋不懂道：“什么意思呢？”吴律师说：“就是当你的全权代表，一道出席各种场面，帮你说话，依法维护你的正当利益。”何碧秋问：“要付钱吧？”吴律师脑门皱皱道：“当然。”又说：“收费不归我们自己，上交国家。价目也是固定的。”拿出表格来看。何碧秋请他详说，吴律师说："上面几项都是不变的。这一项，是指律师受聘后，外出调查、取证等等的车旅食宿一应费用，也由聘请人负担。"何碧秋问："大约数目呢？"吴律师道："说不准。得看具体情况，实报实销。"何碧秋低头默想一回，算不准这里头的深浅，便问："不请做代理人，单写一张诉状，行吗？"吴律师说："当然可以。"

问了价目，便宜得惊人，这才认定被摊主骗了。按住懊悔，从头说事情，吴律师写好了，读一遍，加减几个字，誊写到一种格式纸上。何碧秋开过发票，银货两讫，赶到公安局来，早已下班了。

中午在食摊上吃一碗椒面，辣出一头汗。坐着等汗干了，太阳已挪过头顶了。顺街打问旅社，选定街角一家门面小些的，问一夜价钱，管登记的老头把头探出窗口："开发票哦？"何碧秋问："开与不开，怎么说？"老头笑道："开票每铺一晚六块，实付四块，回去报销后，有两块进你腰包。不开票，一晚三块。"何碧秋惊讶道："你是私人还是公家的？"老头说："国家保护个体经营呀！"见她发愣，又说："我店面虽小，被褥换得很勤，你看看再说嘛。"强邀着看了一遍，见地下和床上果然爽净。又碍店主热情，便付钱住定这里了。

那店主放下心来拉呱道："大嫂你进城，有要紧事吧？"何碧秋说："告状。"店主听罢问："伤着要害没？"何碧秋说："幸好没有，离也不远，好大一块紫血淤肿。"店主说："也就罢了，不至于闹到公安局呀？"何碧秋说："眼下将就也行，倒是想着日后呢。不把这个理扳平，我一家日后没法活。"店主同情道："说得也是。"

巴到上班，到这边来，两个穿制服的前脚后脚到了。看了诉状、旁证和诊断书，惊讶道："怎么是外省的区医院证明？"何碧秋回答了。两个人拿出簿本来，问几句，记到上面，让捺指印。捺过指印，两个人说："你先回去，我们会处理的。不过，这几天有几桩急案需办，你稍稍耐心等候。"何碧秋应声出来。

出得楼门，仰脸被西斜阳光一刺，憋不住鼻孔窜痒，就打了个喷嚏。忽听有人叫，却是李公安员，问："你上县了？王长柱付你钱了吧？"见她不吭声，惊讶道："他竟敢不付？"何碧秋说："我没说他不付，是说他怎么个付法。"李公安员听罢，评判道："这个王长柱，真不晓事！"又检讨："也怪我，当初应该三人抵面，手接手清账，就没有这些话了。"何碧秋说："现在扯破脸，结下子孙仇了。"李公安员说："这个人哪，香的不吃吃辣的。"何碧秋听他口音向着自己，解释道："我去乡里没找到您，才来县城，刚刚写了诉状递了。"李公安员正色道："这是你的权利嘛。"说着，听见那边人叫。

何碧秋瞅见是刚刚收她诉状中的一个人，这人拿着茶杯去洗涮间倒了残叶，返回站在内廊问李公安员："有个妇女刚走，是你地皮上的事呀？"李公安员说："我也约略了解些。什么时候派人下去呀？"这人说："局里哪里挤得出人手？"李公安员说："其中一个当事人，就是那个村长，我有些熟悉，单对单说话抹不开面子，你们至少要派个把人吧？"到这里，何碧秋想到听人家墙根不妥，赶紧退到大门口。

过会儿李公安员出来说："好了，过几天你来乡里一趟。"何碧秋问："是几天呢？你说个准数。"李公安员说了，两人分手。

到了这天，李公安员办急案不在，由别人转交了一份县公安局的处罚裁定。何碧秋听上面的文字，仍是承担医药费、调养费和误工补贴三项，数字跟上回不相上下，心想："转了一圈儿，岂不绕回来了？"见她愣着，这人告诉她李公安员说过，如果对裁决不服，可以提请上面复议。何碧秋听了，不再多说，回家将两头放足架子催了一半膘的猪，拉到江苏地面集上卖成钱，当作进城的花费。

何碧秋上城仍住那家旅店。去市公安局申请了复议回来，店主老头在窗口安慰她道：“反正这码事了，你别太急，下午空闲，去逛公园散散闷气也好。”何碧秋问：“说这七八年来，西南城墙下三五里水塘，都修做了风景，又造了一座祠墓，棺材是金丝楠木的。公园猜想绝不是先前模样吧？”店主点头道：“只恨天不助雅兴，风飕飕的。”何碧秋说：“我们一年三百六十五日，不在乎这个。”

到祠墓一问门票，三块五，忍痛付了。进门一座寻常大殿，寻常几样石人石马。转过殿去，一块石龟驮着一扇石碑，这又是见过的。却见龟嘴下放一只大石香炉，围许多人热闹。近前看时，炉内没有香灰，是半槽清水。这些人正向水里投放硬币，多数沉了，水底明晃晃的一堆。竟有几枚浮在水上。原来殿角把这里的风遮挡了，那冷好了一些。有一个上岁数穿斋服的坐在阳暖处，守张桌子兑换硬币。围看的人老少不等，夹杂一伙青年，穿得花簇锦绣。欢声闹动的也是这伙青年，每投一枚，总先问一个心愿，有调工资的，有分房的，有娶到好女子的，有当官提级的，说的一并是寻常话。何碧秋呆望一回，自去换了五毛角子，握在手里，心里祷告了官司输赢，挤进人群去丢。一连五枚都沉了。

边上一个看客焦急，要过硬币替她投，这五枚全都浮住。何碧秋一颗心也悬飘住，愣着瞎想。忽听耳边一阵哄闹，是一个花簇青年问今晚麻将桌上的收成，才明白不过是场儿戏。收了心事，来看祠墓。

那祠墓其实是在坡腰上挖一个洞，边顶衬了方石，三五十步深浅，只拐一个弯，那口棺材阻在眼前。看它不比见过的大许多，漆也是见过的荸荠色，不值得花三块五买这个看。

转来公园，门口依稀亲切。走过小石拱桥，见左边先前一大片暖花房，改作了游艺场。风从右边空旷池塘上泼洒过来，逼人一身冰水。两个值班姑娘缩在售票亭内不出头。有一拨游客，看是两对夫妻，带的两个孩子闹着乘“旋风”，家长去买票，那边不卖，双方对起嘴来。

听其中一个游客协商道：“我们在外地，来一趟不容易。”值班姑娘道：“天又冷，又不逢星期日，你等足二十个人，才能售票开机。”两个孩子更闹了，游客便说：“我买二十张票，总可以了吧？”每张票六块，付了钱，姑娘把头缩在衣领里，出来开机。买票的游客便过来说：“这位大嫂不用买了，乘便坐一坐，也是人情。”又道：“不用你付钱的。”何碧秋被强邀了过去，见这“旋风”是庭院大小的一块铁盘，斜戗在地下，盘上设有飞机形状座位。选了一处，屁股刚刚落座，那盘已转动了。

却不提防它转动不合规矩。如叫驴毛了，又如牡牛红了眼睛，再如母猪婆遭兽叼去奶猪，上下左右前后窜跳，窜跳得又不依这上下左右前后次序，只顾乱。她想这岂不是活受罪吗？想着，人已把持不住，见天和地都被颠动了。那天歪倾着倒插下来，又刺斜着复向上去，地便脚跟脚随天翻覆。天和地也搅混了，一会儿粘住，一会儿撕开。她也顾不得天地的闹腾了，自己肚里打起架来，肠子，胃子，心肺，肝脾，挪来移去，都跑错了，找不到原位。连身子也不去管它了，脑壳里一股浆儿搅转旋动，拌成了一团乱汤儿——正眩晕间，铁盘猛地住了，剩下五脏六腑脑浆和天地依然旋转个不停。

竭力将魂收拢，看见两对夫妻站在地上，两个孩子早爬上一座高台，要坐空中踩车。一个穿干部服的男子过去望见，嚷叫孩子下来，又问家长：“你们该买票呀？”游客说：“是天冷人少，说等足二十个人才卖呢。”这男子道：“谁说的？”到窗口前训斥一顿。

值班姑娘无奈卖了票，冲着走远的那男子背影啐道："你成天坐办公室，倒轻松。哪天说好了，撂给你一个人干！"去高台上开了机。这踩车两个座位，一个大人领一个孩子。踩动车子在空中一根铁轨上走，看着悬乎。何碧秋自去别处转悠了。

回来对店主说："一回花钱，看了空；一回没花钱，看个昏。"

话题转到官司上，店主说："这件事，在你天大地大，在人却芝麻绿豆。都因这一辈年轻人，不讲传统了，偷的，抢的，骗的，为一个钱字都干得出来。为赌一口气，杀人像割灯草。公安局人手又紧，哪忙得过来？从这上面想，前次为你下裁决，真还不错呢。"何碧秋问："依这话没用了？"店主道："也不能这样讲。"何碧秋一肚子冷气冰凉去睡了。

清早起来，店主说："昨晚我有话没讲，今早就讲了吧：前次裁定书是县公安局名义，其实是下边承办人办的，局长不过听个汇报，盖上大印了事。你申请市公安局复议，还是这回事。承办人见过的多了，你这事算什么呢？照例批个维持原裁决。依我看，你直接找市公安局局长，他听汇报时心里有数，或许有救。"何碧秋说："那好，我这就去一趟。"店主说："你又不懂。

局长室你不一定进得去。即使进去，许多人不断来汇报工作打岔，他静不下心听你说，只会公事公办。”

何碧秋晓得有话，等他讲。店主道：“你不妨打个马虎眼，问清他住处，中午或晚上等他下班，到他家里说。”见她不语，声明道：“我可不为拉生意，你多住一宿三块钱，发不了大财的。”何碧秋说：“您多心了。我是在想，人人都打这个主意，市公安局局长家岂不被踏平了门槛，吃睡不得安宁？”店主笑道：“正是人人都像你这般想，所以并没多少人真登他的门！”

何碧秋转来市公安局传达室问：“这位老同志，请问严励民在吗？”传达员瞅瞅她：“你找严局长？”何碧秋说：“我从大老远乡下来，他这会儿上班忙，我在家里等着吧。我有七八年没来了，不知他家搬没搬？”传达员说；“你不知道呢，严局长今天不在局里。他夜里被罪犯用刀刺伤了，这会儿怕还在医院呢。”何碧秋惊讶道：“是吗？”

老传达员说：“昨晚局里开党组会，开到十二点，严局长到家一点过了，电视也没了，人也困了，准备洗漱上床。倒完洗脚水，从客厅过时，听见门锁吱吱嘎嘎响，晓得有人撬门。严局长过去把门猛一拉，那家伙吓一跳，倒也狠着咧，顺手把匕首捅过来。严局长闪过了，将匕首打落。那家伙一看苗头不对，转身就跑。严局长虎跳着将他捉住。过廊里还有两个同伙，握着匕首刺过来，一把匕首被躲了，另一把匕首戳着了，本指望把人戳倒逃跑，严局长却忍住疼痛，手上捉牢那家伙不放。到这地步，过廊里各户都出来了人，把一个同伙堵住活捉，另一个跳窗闪了腿，也被活捉了。”

何碧秋听了暗想道：“世上百样行当都难，当市公安局局长凶险更大呢。这三个想必先前结有恩怨，半夜来寻仇的。也碰巧晚上开会，若平常，这三个撬门进了屋，人睡着了，一家人性命怕是不保了。”不免问了伤势，传达员说并无碍大事，何碧秋说：“我先去家里看看吧。”

依他指点，乘上六路车，坐两站再换三路，过四站下来，往前走块把田远近，朝左拐进一条窄街，走过一所小学，一排连幢楼房，右首空旷出来，却是一口老大的水塘，塘水灰笃笃的，不很清爽，塘边栽了乌菜、蚕豆苗，用树枝胡乱插成了篱笆。到这里，也走出五六块田地面了。向右拐一个上坡，进一个敞开的大门，里面老大一块地盘，地势不甚平整。那高地上有些乱，树木高高矮矮，里面夹杂着横横竖竖的民房。下边一片空地砌成八排灰楼，想是在这群楼里。打问了一下，人向高坡指指，说住在上面的红楼里。爬上高坡，由杂树和民房中间穿过去，找着这幢红楼，见它东西方向横着，大约十来间房屋长短。高只有两层，尖屋顶，楼身灰扑扑的，不很鲜亮。在楼下站了一会儿，把来路熟记了。

回到旅店，店主已听说了，说："原以为蓄意报复，一提审，三个人都是西北口音。这三个家伙运气也倒煞了，在边陲犯了事，一路流窜过来，到这个城市，落脚不足半个钟点。他们本意是想隐蔽点，找个不起眼的人家，先弄点零花，喘过气来再动大手脚，却不想头遭撞在市公安局局长手里。"何碧秋忙问："三个人不晓得是公安局宿舍？"店主道："他一路几千里，撞到这块，三个蒙眼虫虫，晓得个东南西北？再说那也不是公安局宿舍，是各个单位杂居的大院。"何碧秋问："严局长怎么不住本单位宿舍呢？"店主道："这个人，廉洁上有些名气，他住的是他爱人单位的宿舍。"何碧秋说："怪不得，我看也不信是他这种人住的地方。"

请帮拿主意，店主说："这就不好讲了。人又不在家里，住医院了，好歹是个病人，你空手去谈事情，不妥。不空着手吧，道理上又说不过。"经他这么一点，何碧秋倒有了主意。嘴上七扯八拉，把话题引到别的地方。

挨过下午，何碧秋看了几个菜场，转到市中心这一处来。这个菜场是用一条旧街改做的，从头至尾，足足三五里远近。此时不是一天里买和卖的潮头，仍见货物压倒了街面。鸡鹅鸭鸟，猪牛羊狗，各种干货水货山货海货，挤酸了眼睛。亏它排列得极有次序：蔬菜是蔬菜的地盘，活禽是活禽的地盘，豆腐千张是豆腐千张的地盘。稀罕的是一类不合节令的鲜蔬瓜果：黄瓜、茄子、瓠子、韭菜，竟有西瓜、香瓜，说都是当地暖房里出产的。看这光景，怕是天上的仙蟠桃，也能仔细找寻得到。最稀罕的是一类买卖人等：爷们娘们倒也罢了，有几个年岁二八二九细皮嫩肉的女子，脸模儿像白面捏的一般匀称周正，却穿了油渍麻花的衣裳，站在红白摊前，提刀卖肉，把一副嗓门勒细了又吆喝。看着走着，一些时辰也过去了，脚下放紧到菜场的这头，见晚市鱼果然上摊了。

何碧秋看准一筐出水青鲲，讨还了价钱，图它“事事如意”谐音，选了四条十多斤重的，用一只蛇皮袋装了，上车转车，到得大杂院内高坡上那幢红楼前。转了两圈，找不着楼道。这时天光在西边收拢住，地下的冻也紧了，脚踩着“咔咔”直响。向一个背书包的中学生打问，由偏僻处的小门爬上两段楼阶，面前是一扇独门，敲两下没听到回音，却是虚掩的，推门进去，是一个廊道。廊道约略两墒田宽，块把田长。外墙开着许多窗户，靠里是一家家住户的门。数到中间这户举手敲门，一个上岁数的大娘把门开了，看样子这位大娘一人在家。

见那大娘说话声音呛人，像吵架一般，脸上却笑眯眯的。何碧秋便试探着把鱼送了，大娘这边收下。说了几句，大娘倾耳听着。何碧秋又叮嘱道："我是西北乡水库那边王桥村的，我们村长叫王长柱，我叫何碧秋，我丈夫叫万善庆。您说给严局长听，他就晓得了。"说毕，归来店里，住了一宿，回家等候消息。

下来一两个月，丈夫腿间紫血淤肿消尽，能下床走动了。这段日子的间隙，何碧秋兼带忙着地里和家里的事。上回两头猪卖的钱，进城剩有些许，用它另买了四只秧子猪，养在圈里，用玉米掺老糠放尽架子，等开春阳暖细料催膘。地里又铺了一遍塘泥，垩一交圈肥和三袋磷粉。把这些活儿做完。六九交尽，到七九末尾了，春节也早过了。

丈夫来地里帮些活，稍稍出点力，就觉着累。何碧秋问他："到底哪儿硌着呢？"丈夫说："不硌哪儿，只是胸口闷。"何碧秋说："一口气憋在心里，岂有不闷的道理？"话转到官司上，何碧秋说："这许多日子，该有消息了。怕是我没进城去问。"丈夫说："怎么进城呢？三九头下了场大雪，三九尾又是一场雪，头雪连着尾雪，地里的庄稼活没了，人却被它锁住。摆渡口封冰了，从新修土路走，不把人累死？"何碧秋说："从公讲，我交了复议的申请；从私讲，我登门送过鱼。他严局长也该给个信嘛。"丈夫叹道："人活着，就是多事有事。村长也不过让我们毁了麦子，补栽上油菜。若不跟他拗，没这出戏的。"何碧秋瞅他道："你倒说这个理！"

丈夫说："大面积种油种麦，不是他当村长的，是上面布置的。他选定这块地方，因它是出进村的路口，一村的面子。细想，大伙都想通种油了，只咱一家种麦，是像他说的一块疤痢。再说上次上面来验收扣了分，也不是扣他村长个人的，是扣王桥村的。从这里想，咱略也有些理亏。"

何碧秋讥他道："你吃了忘心果了。早些年，上面让种三季稻，他也选定这地方做面子，老辈劝也不听。早稻三百二，中稻三百二，晚稻瘪多实少，实得也就一百来斤。种一稻一麦或一稻一油呢，轻巧巧一千过头。'三三念九，不如二五得十。'他懂得这个算数，却硬着干！"

丈夫辩道："那是早十多年前的事了。这些年田分到户种，讲空的百姓不听，上面说话不都实在了？说村长呢，当年他不跟着干行吗？”何碧秋反问道：“怎么不行？他当时是民兵营长，末等角色，硬出头干了，把别人踹倒，自己爬了上去。况且眼下不是十多年前了，容他动手打人，往人要害处踢？”

对嘴之间，听人隔着油菜地朝这边喊：“万善庆，村长让你去他家呢。”应了一声，那人走了。何碧秋说：“还是我去。”丈夫说：“依我说，你见好就收罢。”何碧秋道：“告也告了，复议也申请了。”丈夫说：“杀人不过头落地。哪怕不正规给个说法，他若服些软，也了事吧。”

何碧秋点头应允，顶着一天灰云回到村里，到村长家，绕过那狗，听见堂屋里呼幺喝六，想是上边来了客，探头却见都是村里的熟脸色。村长看见她，起身迎到门边：“来了？”何碧秋道：“来了。”

村长笑道：“你看见了，我这里放着四桌赌呢。”何碧秋说：“与我有相干？”村长收了笑道：“你常进政法口门槛呀？告到乡里，又告到县公安局，再告到市公安局，你牌子硬着呢，对眼前的违法事，怎么不去举报？”

说话声惊动了屋里，有站着看闲的不看桌上牌了，转来门口看对嘴。何碧秋道：“你喊我来，是又污糟我呀？你怕我不敢！”村长说：“我还有话呢。”她也不听了，把一口气提在胸口，拔腿往村边走。

走了一阵，天上的云色越发积得厚重，风缓了一些。何碧秋被话一激，加上这般急走，身上出了些汗。来到摆渡口，眺见库水中央被风推出道道波花，找船不见，却搁在岸上。转来敲门，船工正在屋里对着一盆炭火取暖，对她说：“库中央化是化开了，岸边还有三五丈宽的冰，早上破开，夜里它又冻住，船板吃不消的。”出来指给她看，到门口打一个寒噤，就倚在门边指说：“你看看，天上积的不都是雪团？脚跟脚要落了。恐怕等这场雪过，才开始渡呢。”何碧秋说一遍，船工劝道：“他故意惹你呢，你到乡里举报了人来，他早收摊了。再说他并不一定真的是赌——别生这个气，回家歇歇更好。”

回家听丈夫说：“你去哪儿了？我从地里回来，村长也来了。”何碧秋问：“来干什么？”丈夫说：“他说你话没听完就走了，市公安局复议决定下了，维持县里的裁决。”

听罢愣了，看看盖了红印的复议决定书，闷坐了一会儿，说：“他是村长，却也是这桩官司的被告，好歹不该由他的手转交。我得进城问这个理！”丈夫阻拦道：“怎么就走？摆渡口不通。”何碧秋问：“我从新土路走！”丈夫说：“绕十万八千里？

你再看看这天！”门外果然有雪花飘来飘去。

何碧秋出了村子，雪泼泼洒洒起来。沿新修土路走进江苏地面，那雪越发大了，一片接一片落成棉花朵儿了，慢慢地那棉花朵儿粉了碎了，人像走进了机麦面的厂房，纷纷扬扬，睁眼上下都是个白。此时已打过春，春雪赛如跑马，因此那雪只在空中和眼前飞，一触地面，眨眼就踪影儿不见了。新修路面已被千百只脚踩过，踩硬了，被雪水一润，走着一粘一滑。何碧秋绊腿走着，恨老天爷也这般逼迫人，直想跟它赌一个高低。揣着这种念头，走进了雪的深处。

何碧秋好歹挣扎进城，见天黑尽了，便去老地方住下。次日雪小了些许，换了衣服，转来市公安局，老传达员指指说：“严局长在办公室，这会儿怕正有空闲呢。”进门见一中年男子桌前坐着，何碧秋对他说：“您是严局长吧？我是西北乡水库那边王桥村的，我们村长叫王长柱，我叫何碧秋，我丈夫叫万善庆。”说了一遍，又惊讶道：“您还不晓得？”

严局长边为她泡茶边解释道：“我们几个局长各有分工，具体管的王局长恰好不在，我让承办人接待你吧。”何碧秋赶紧说：“我专程来找您呢。我去过您家，就是您被小偷刺伤的那回。您住医院了，家里有一位大娘。”严局长说：“哦，不错，是前些时来过的一位北方亲戚。她老人家耳朵不好，说话像吵架似的，你没被吓着吧？”

听他这话，何碧秋疑心那天说的，大娘都没听清。看光景严局长也不晓得送鱼的事，这么一来，几十块钱扔进水里了。她不好明说，也不艾怨，只说：“我告的是村长，你们却把复议决定由他转交我，不合情理吧？”严局长说：“是吗？”出门走进另一间屋子。

何碧秋拿眼看屋里摆设，也就简单几样：身边靠墙是一张沙发，头顶墙上贴了白纸黑字。屋中央一架烤火炉子，装有白铁皮管儿拐出窗外去。炉前是一张桌子，足有见过的四张大。一把转椅。后面是一只竹编篓，里面些许揉皱的纸团。桌上一小块石板，插着两支笔，边上两瓶墨水。铁网盒里一叠字纸。一只茶杯跟李公安员几个人用的一样，也是凹腰的。看到这里，严局长进来说：“你稍等会儿，我让人问了。”

待会儿有人进来汇报：“电话打过了，是乡里李公安员接的。他说本想亲自送达的，恰好出了盗牛案子要破，便请文书了。文书走到水库边，摆渡口不通，只好回头，准备从新修土路上绕过去。回到乡里，却碰到王桥村的村长。文书是新调来的，不了解情况，更不知道村长是当事人被告，就托他转交了。”何碧秋接口道：“这样，也不怪你们。”

严局长问她：“你对复议决定，有什么看法呢？”何碧秋问：“我是百姓，他是村长。我告到乡李公安员处，又告到县公安局，再告到市公安局，都是一种评判，我不服怎样？”严局长解释道：“我们工作难保没错，权限是有制约的。你不服，可以向法院起诉，这是你的权利。”何碧秋问：“怎么起诉呢？”严局长说：“你这种情况，应该找个律师。”何碧秋听这口气，猜想他原不知情，现在晓得办颠倒了，却不好自纠自错，也许是绕个弯子把理扳平。心里有了底，乘机说：“我人不熟，您能帮我认识一个吗？”严局长写张纸条交给她：“你去司法局，找这个人。”

这个人却是上回见过的吴律师。吴律师赞道：“这个法刚颁布，你学了就敢做了，可敬可嘉呀。”何碧秋听糊涂了，照实说：“您说的法，我并不晓得。我只想问问官司能不能打赢。”吴律师道：“我对案情了解不够，不好说。”问这回请代理人不。何碧秋问：“收费还像上次讲的？”吴律师皱眉道：“当然。”何碧秋说：“算了，仍请您代写张诉状吧。”

去法院递了诉状，转来街前，天上雪又细小些，变做雨了。回到旅店，含糊应答店主几句，睡了一宿，起来换上昨日泥衣裤，踩着一地雨水，回家。

忽然间九天了了，了九过后，地气逐渐腾漫上来，日子一天比一天暖了。地里的麦子往上拔起身子，周遭的油菜尽数开花，像一汪黄灿灿的库水，围住麦田这块孤岛。畜牲也焦躁得很，四只秧子猪忽地由两拃长蹿到五六拃，总倚在食槽前哼哼唧唧。丈夫显得好了些，只因官司未见分晓，一口气憋着，心口还闷。等法院送达开庭传票。何碧秋进城来，旅店费却大涨了。店主因是熟客，又怜她这桩遭遇，只加了她每宿五毛钱。

店主说道："国家年前颁布了个行政诉讼法，就是民告官的法。本以为是面子账，不承想动了真格的。说有个乡下妇女抢了风气之先，把市公安局给告了，大名鼎鼎的严局长还得出庭当被告应诉呢。"何碧秋不信道："她怕是吃多了荤油，把心窍糊住了。这一告，能有个好？"店主说："这件事，一座城，城郊四乡八村，上上下下都轰动了，要来争看稀奇。说宾馆里住了好几位记者，等作报道呢。"何碧秋道："看乡下人笑话呀？"店主道："这你又不懂了。眼下文化还不很发达，国家颁布新法令，下面不免心揣疑团；国家又诚恳想百姓理解，往往先选一两件注目的案子，隆重地办一下。百姓看在眼里心里，揣知了深浅，就领会这个法了。”何碧秋说：“照这话，乡下女人赢定了？”店主道：“若她输了，这个民告官的法也就砸了，今后还有谁碰它？”

何碧秋打一个比方道：“世上一团乱麻。若百姓不对，政府在理，也得违心判政府错吗？”店主说：“当然依理判决。不过，这里头一回，不比寻常。都猜测这个乡下妇女是预选好的典型，她必定站住理，而事情又不很大，判个民赢官输，于政府面子上无大碍，反倒显出它的宽容大度。”何碧秋觉着新鲜，听了一会儿，洗漱了上床。

第二天出了大好太阳，拿眼看到的都是清爽鲜亮。头几天落过春雨，地面将干还湿。空气润润的，又暖暖的，吸在胸里，有些滋补人。满街的人如坐赌桌旁熬过七昼夜困乏极了，又放倒身子睡足了七昼夜，方才尽兴醒来，脚下锵锵的，嘴里喊的都是响亮。街上食的摊儿、用的摊儿、伺候人的摊儿，摊主七吆八喝，像杂鸟闹林。整座城市像刚刚洗了透澡，又理了头发，面容神采崭新。

何碧秋拿着开庭传票来到法院，见楼下院子里站着一地的人，各人脸上都摆有事情，嘴上乱说。过去听了几句，瞅见店主在另一人群里插嘴岔舌，上前问道：“您来了，店面谁看呢？”

店主说："我昨天讲的那个官司呀，场面千载难逢，顾得上店面？"何碧秋不觉心疑道："法院一天要开庭审几桩官司呢？"店主说："多少不等。有时好几天闲着，有时一天开好几个庭，有时一个庭开好几天。不过今天上午，只开这一个庭。"何碧秋待要开口，店主摇手边走边说："我托熟人在里面留了空位，待会儿门口堵塞，挤不进去了。"

耳边听见有人在叫，却是上次见过的其中一位法警。法警说："我们到处找你，却站在这里。"何碧秋道："说是九点整开庭，还有十多分钟呢。"法警道："那是指正式开始审理。当事人至少提前十分钟到位。"何碧秋听了，脸上急出来。法警看了道："你要上厕所吧？二楼楼梯口靠左就是，你也别急，我在下边等着你。"

解了手，洗干净了，随法警进一扇小门，穿过一间放了桌椅的空房子，打开另一扇门，一望便知是法庭大厅了。

扑面一片森森的人的气息压迫而来，何碧秋被它逼住眼光，低头随法警走过一段地板，下了五六级台阶，走几步，到一个半圆形桌柜前，就在跟前的椅子上坐下，法警转去一边了。听有喧哗声按着捺着散布开来，何碧秋慢慢将心静住。见这座法庭犹如一段坡地，主台面上高出一层，自己坐的地方略矮些。

人声响动处是旁听席，成一段斜坡形状，近处低，远处高，许多长椅连横放着，坐满了人。过道和大门的人也站满了，猜想不准是院子里的许多人刚刚进来，还是里面的人早就来了，把剩余的人挤在门外。如此乱想，忽听头顶屋上有东西“吱——”一阵糙响，老大房子陡地静下来，几十几百个人都把气屏住，似要听一根绣花针徐徐落地。

坐主台面正中穿制服的法官咳嗽一声，开口说：“我们今天开庭审理，何碧秋诉市公安局复议决定一案。”说到此处，不说了，改说法庭组成人员。先报自己名字，他便是这个庭的审判长。再报旁边两位没穿制服作陪审的，再报外两边两位穿制服的，又报边上一个穿制服当书记员记录的。下边说到原告，叫了名字，何碧秋起身应答坐下。接着叫被告名字，对面一座桌柜前坐着的几个人中，有一个起身应答。

何碧秋抬起眼来看时，阳光由窗户射得庭内明亮，对面站着的，却是市公安局的严局长。正自疑讶，听审判长说：“现在宣读诉状，因原告当事人识字不多，由法庭代为宣读。”书记员刚读罢开头，何碧秋听了，急口叫道：“不是这么回事！”只这一句，听众席上的嘈杂之声泼洒开来。审判长拍拍案木，顿时静住。审判长道：“原告当事人何碧秋，你有什么话，不要紧，慢慢说吧。”何碧秋说：“你们弄错了，我告的根本不是市公安局严局长，告的是我们王桥村村长王长柱……”约略说了。审判长说：“对的，这是一回事。”何碧秋道：“怎么一回事？他在城里，我在乡下水库那边，八竿子打不着，他跟我丈夫今生今世从没照过面呢，我凭什么告他？”审判长说了几句，何碧秋焦躁道：“我理不清其中弯曲，我只要打我丈夫的村长王长柱，坐到对面当被告。”听众席上又哄嗡起来，乱了一阵，被告席上严局长要求发言，这乱跟着停了。

严局长说了，审判长听罢，跟身边穿制服和不穿制服的嘀咕几句，将他的说法采纳了，清了嗓子宣布：“现在暂时休庭。”一齐起身退到台后的门里去。法警也过来为何碧秋引路，听众席上有人问：“上午还开不开庭呀？”穿制服的书记员从门里出来回答：“休庭半小时左右，足够了。”

何碧秋进门见审判长等都在椅上坐着，严局长几个也坐着。让她坐，她坐了。法警为她泡了茶，看别人各自凹腰茶杯里都有茶水。审判长道：“何碧秋同志，我们事先估计不足，工作没做好，向你道歉。”

何碧秋责怪道：“这我又不懂了：我告到乡李公安员处，告到县、市公安局，他们虽有偏差，也讲出个理。你们倒好，让我告市公安局局长，岂不是将砖头在火里烧红了，哄我去抓吗？”

审判长听罢，辩说不清，急了，又笑了。严局长几个也笑了。何碧秋奇怪道：“别人让我告你，牵连你上法庭当被告人，你不生气，反而笑？”几个中的一个插言道：“被告人这个词，说着难听，其实是个称呼。特别是民事和行政，被告人不一定就做了错事。”严局长接着话头说：“村长打了你丈夫，按其行为该由公安部门处理。县公安局作了处惩裁决，你觉得偏了，请市局复议。市局复议了，你仍觉得偏，来法院起诉，这是你的正当权利。你代表你一方，我代表市公安局，你我两个此刻是平等的，谁对谁错，都听法庭判决。”说毕，让何碧秋喝茶。

何碧秋喝几口茶道：“照这讲，法庭若判你错呢？”严局长道：“就依法庭的，对王长柱重新处罚。”在座的人都点头认定。又说几句，将茶水喝完，谈妥了。

去楼上解了手，何碧秋随这拨人各归原位。听众席上扑面气息比先前柔软了些，不再逼迫人了。庭铃又响，乱声静住，审判长把嗓子清了，重说各色人等的名字，说完了，先由书记员代读了诉状，听他吐字也还清楚，纸上所列详情，也还实在。下边由被告答辩。严局长领头先说，身边几个各自说了，无非是说当初县公安局的裁决，是按哪条哪款，后来市局的复议决定，又是按哪条哪款。听口气倒还随和。旁边椅子上的听众不知是进到事情里面了，还是懂得约束了，有好几处忍不住嗓痒，自己憋住，实在憋不住，不过放开窄道由它排泄少许，若听法庭上有人开口了，便复又噤声。

当下两边都把话说完了。审判长又搭个桥，让双方对嘴，对了一会儿，词儿说尽了。审判长捉住火候宣布："上午开庭就到这里。下午四点整，复审。"听了这话，听众四散走了。审判长由台上过来对何碧秋说："你进城很不方便，好在双方看法虽然不同，但对事实的认定，并无歧异，证据也是齐全的。我们合议庭中午加个班，争取下午当庭作出判决。"何碧秋谢一声，和他分手。

顺道在街摊上吃了饭，回到店里，店主早等在窗口，赞啧一番，说到下午的判决，店主道："照上午所说，打人情节没有分歧，县和市公安局的处理，也是有依据的。"何碧秋灰心道："你说我输了？"店主道："你绝对赢。还是昨晚的道理，国家诚心要百姓领会这个民告官的法，必要选几桩活例子，让人亲眼实见入肉入髓，才有应验。按这个理，必定要把官司判给你。"何碧秋心里踏实了些，店主又道："你且放宽心，快把城里该逛的地方，细逛了罢。”

何碧秋稍歇出城，走到废城墙下一带水塘边来。七八年前见过的杂树林修整过了，补栽了各种眼生眼熟的树，高的矮的，团的蓬的，猜想春夏耀眼红绿。有一种树没落叶子，叶色也不是绿色，是冷下来的猪血一般的紫。走出老远回头，又疑是一树月季。那树丛里掖许多石雕的禽兽形状不同，都是见过的：张牙舞爪的狮子，翘甩鼻头的大象，狂跑的鸵鸟，眯觉的狗熊。有两样不能放一起的兽放一起了：一只恶虎将一匹马扑倒在地，嘴啃进好深一块肉，叫人不敢多看。看水边造了好些亭子和石桥，亭子一层两层三层四层不等，砌在路口和桥边。石桥有拱着的，有曲着的，担在水上。都没多少稀罕处。见塘里的水已不如七八年前清净了。

忽听有人声闹动。转过弯去，见坡岸凹了进去，约有半块麦场大小地盘，铺着大大小小的石块。地上站了一些穿红着绿的人。春阳斜射下来，被凹地聚起了热，近前暖融融的。这些人就站在石块上脱衣服，男女夹杂，不见有个躲的避的。那男的把上下都扒光了，单剩裆间一张薄皮。女的有只穿遮胸连裆服的，也有戴着护奶罩子和遮羞短衩的。上述脱好了的，原地跑两圈，把脚捌一捌，吸口气，“扑通”跳进冷水里去，看水面上散布着多少颗湿头。远眺对面的亭栏上，有男有女一个接一个趴在上面，返身朝水里跳。只觉得那塘水的冰凉，激到自己身上了，身上也就迸出了鸡皮疙瘩。

看到这里，不由得身子往后退退，站到坡上的树林里。树林里也站了些人。这拨人跟凹地上的那拨并不相干，一并穿得整齐，有的毛衣厚袄，有的棉布冬衣，有的鸭毛鹅毛夹克，把手插在裤袋或袖口里，只管睁眼朝下看，见岸边水里动荡的几个女的，正在二八二九好年岁。这几个女子脱剩贴身的，要么是红，要么是黄，要么是绿，要么是紫。水中有几个尽了兴，爬上岸来，却不急着穿衣服，站着让水自己滴落。风由一个突坡处荡过来，将皮肉上吹出寒噤，人便用干毛巾略揩揩，来捡衣服。何碧秋身边这拨看客此时盯定一个穿红色衣的小女子身上。那女子不去寻隐蔽处，就站空地上在大众目光里脱换。见她将刚揩身子的干毛巾往腰间一围，借它的遮挡，躬身把下身湿衣脱了，顺势套上长裤，嘴里还跟面前几个赤膊男子不停搭碴儿。再看她把一件罩衫由头颈套好，探手解脱上身的湿衣，几次没脱下，猜想是其中一个纽扣紧了，又猜想是背带打了死结。往下她动作大了一些，之间见有白白的奶一闪，见坡上的看客眼光一亮，她本人倒坦然地不停口舌。岸上这几个穿好衣服，坡上的看客把目光转了，移去水面上看红黄绿紫。

看到这里，一颗春阳渐渐西下去，何碧秋忙向一个看客问了钟点，转身赶回法院开庭。

到了四点整，庭铃响过，审判长说话，说的也都是上午各方说过的话，说完了，起身清清嗓子，开始宣判。

审判长道："本案经本法庭依法开庭审理，并经合议庭慎重讨论，特判决如下：市公安局对县公安局对西北乡王桥村村长王长柱殴打本村村民万善庆一案裁定的复议决定，正确无误，本庭无异议。"

听他说罢，何碧秋晓得是自己输了，呆在那里。耳听听众席上的腔调，有一些向着她，这些人都散退走了。见审判长和严局长几个人走过来，和缓着口气说话，说的还是她如果对判决不服，仍可以向中级法院上诉。听见这句，何碧秋好了一些，坐在那里说："上诉，当然上诉！"

上诉后等了两月，天气递升着暖，一日不比一日了。柳条浅绿又深绿了，整个地面上都绿了，油菜花儿落尽结了荚儿，麦子在地里站起了身子。四只秧子猪各蹿成一张弓，再粗填几天，能细喂催膘了。

这日何碧秋去地里垩拔节肥，两墒没到头，有人捎信说上面来了人。何碧秋问：“让我去村长家？”捎信人说：“不是，是去村公所。来了三个人，先见村长进去过，不一会儿出来了，脸上多了些汗，像刚被人讨了债似的。”何碧秋拾掇好手上，往这边来。

远远望见空地上一辆小车，白色的底漆，腰上粗细两道蓝杠，顶上一盏红灯。一望便知是专抓犯人的警车。看见车内没人，返身朝那边走，听见屋里人在说话，话题与她有关，脚下放慢了来听。

听一个陌生口音道：“这个女村民告到乡里、县里、市里，又起诉到县法院，上诉到我们中院，原以为她是个蛮缠角儿，现在下来开座谈会和个别调查，却没想到对她反映这样好。”另一个口音老些的道：“照打人情节和伤势看，前面的处罚，是有依据的。可这何碧秋既不是个蛮缠角儿，头脑又没毛病，她为什么一告再告，抓住不放呢？是不是另有缘故？”听又一个人道：“你们来一趟也不易，不妨仔细听听她本人的，看怎么说。”

听着这话耳熟，一想，是乡里的李公安员。此时已阻在门前，不好后退，何碧秋特地脚下踏得重了些。屋里听见了脚步声，不说了。只见李公安员伴两个穿制服的坐着。李公安员介绍道："这两位是中级法院负责你上诉案的，朱审判、杨审判。"三个人面前凹腰杯子里都有茶水，李公安员要代为泡茶，何碧秋抢过自己泡了，为他们三个添了水，坐下来，说了几句。口音老些的是朱审判，另一个年轻人是杨审判。两人要她把事情从头至尾详细说一遍。

何碧秋理个头绪说："秋后割过稻耕好地，村长选定村前一大片地集中种油，事情是这里惹起的。照实情说，集中种油是上面布置的，晓得是好事情。村长选的地方因是进出的路口，来人好看，不单他当村长的光荣，一村的面子，大伙儿都答应了。只是我家夹在中间的三亩三分地，头年种过一季油，依理得换茬。村长又大咧咧地一讲了事，话没细说到家，我家就种了麦。麦苗出土了，麦叶长到两分宽了，都没话。上面来验收扣了分，村长火了，就有话了。答应他明年笃定种油，不依，让午时三刻毁了麦子，补栽上油菜。庄稼人能忍心下得了手毁青苗？三言两语来去，村长就动了手，把他打了。"

朱杨二审判把话记到本子上，说："打的过程呢，你说一说。"何碧秋说："他当村长的管一村人，譬如一大家子，当家长的管下人，打、骂，都是可以的。可他呢？踢他胸口倒罢了，又踢他下身，几乎擦着要害了，不是逼人命嘛！"说到这里，姓朱的审判插问道："卷宗里只提到你丈夫下身被踢伤，诊断也是这样写的，没提到踢胸口呀？"何碧秋道："在场人三睹六见，还有假？只因他一脚不很重，不碍着什么，就没让医生诊断，也没多提。"姓朱的审判道："你说你丈夫稍稍干活，就累得胸闷？"何碧秋道："做男人的被人打了，还了得？这场官司告到乡里、县里、市里，再告到法院，又上诉给你们，至今扳不平这个理，他一口气憋在肚里，岂有不累闷的？"

两个审判听了，对望了一眼，说了几句话，又问她："你丈夫在家吗？"何碧秋道："追麦肥呢。"两个便道："走，我们去看看他。"

在太阳底下走出村来，仰看天空干干净净，一片云彩丝儿也没有。一地的都是庄稼，放眼望不清尽头。田埂上的草长到这会儿，脚踩着锵锵的。何碧秋领三人来到地里，见丈夫趁这功夫又垩了两墒肥，正撑着歇息。到了跟前，介绍了，问答几句，让脱上衣看了，用手按了捺了，两个审判说："到医院拍个透视片子吧。"何碧秋道："也好，您两位稍等到傍晚走，我们赶去江苏地面一趟，来得及的。"李公安员说："那是区医院。上次因为情况特殊，将诊断算数了。按规定是县以上医院证明，才具法律效力。"

何碧秋为难道：“地里有点忙了，这儿又不比别处，进趟城不容易呀。”两个审判想了想道：“让他乘我们的车一道进城吧。”

何碧秋待要应了，转头看见散布在地里干活的人，都朝这边张望，心里多了一忧，说出来道：“承你们情。俗话说十里无真信，何况我们被水库隔断的王桥？都晓得警车是专抓犯人的，他若同乘了走，难保没人嚼出多少舌头来！”三个人不好说了。何碧秋又道：“还是我们自己由摆渡口进城，再找你们领去透视拍片吧。”三人听了说：“也好。”开车由新修土路上走了。

进城拍过透视片子，住下，店主过来问候。何碧秋说：“看他一脚并不重，没想到真把一根肋骨踢断了。医生说自然愈合得不太整齐，因此胸口累闷。”店主问：“开诊断了？”何碧秋道：“开了，叫轻伤害。比先前的轻微伤害，少了一个字。”店主点头道：“三年前我亲戚打过一桩伤害案官司，因此这方面我倒在行——现在性质两样了。”何碧秋问：“哪儿不同呢？”

店主道：“轻微伤害、轻伤害、重伤害，各有讲究。头一个不过吃些皮肉苦。中间和后边的都是伤筋动骨，程度又不相同，比方说，打断三根四根肋骨，手腕脚腕被打骨折，能接续愈合的，是轻伤害。把股骨弄断腿残废了，或伤了肝胆心肺脾，或弄瞎了一只两只眼睛，或弄残弄缺了一只两只耳朵，都是重伤害。”

何碧秋不解道：“手脚骨折再接续好，会影响做事的。可耳朵本是个无用的摆设，弄残弄缺不碍着什么，怎么反而是重伤害？”店主道：“毁人容貌了呀！”何碧秋再问道：“三个处罚有轻重吧？”店主道：“头一个不过罚些款。后一个最重要判无期徒刑。国家对你丈夫受的这个轻伤害，处罚余地大些：轻则治安拘留，重的要坐年把牢狱。”何碧秋便道：“依你说，我这回官司赢了？”店主道：“不好说的。我上次都说错了一回呀！”

忽然看见店主握只凹腰杯子喝茶，何碧秋惊讶道：“您也用这个呀？”店主奇怪道：“它有什么呢？”何碧秋说：“我一路打这桩官司，乡李公安员，县公安局承办人，市里严局长，开庭的审判长几个，管上诉的两位审判，都用凹腰杯子，疑心它跟制服一样，是政法口专用的呢。”店主忍不住笑道：“哪里，它本是装秋梨膏的，人一年总要咳上几回，吃完药，看它顺眼，就用来喝茶，慢慢在城里流行了。有一班青年，本没生病，用公费医疗开了，将里面的秋梨膏倒掉，只取这个杯子。我这一只，是熟人多余送的。”何碧秋恍然笑了，丈夫也笑了。店主笑道：“你这位当家的，话少呀。”何碧秋道：“他呀，葫芦晚了季节，没长出嘴来。”

店主说：“你当家的这根肋骨，依医生说法，重接不重接都行。这话要慎重听。若不重接，放在城里工作人身上，成天喝茶看报纸，是可以的。可乡下地里有活，说不定累积成大病；若重接吧，大小也是个手术，剖膛开肚一样有风险。”何碧秋说：“正愁的是。”

店主便道：“我有个熟识的退休老中医，治胸肋是数世单传，几服方子，药到病也去了。只不知你家地里活儿能不能脱身？”何碧秋说：“家里请亲戚代照看的。地里的活儿呢，眼下温吞季节，说有，连日夹夜也做不完。没说有呢，丢下不管也不碍大事。”店主说：“那好，你夫妇在我这住下，先吃两服方子，再带一服方子回家去吃，管保见效。”何碧秋说：“只是法院让在家等上诉结果，要不要打声招呼？”店主说：“他们事多人少，半个月内难保忙到你的案子，不用的。”何碧秋把头点点，店主又道：“我也不是为揽生意，住宿费又刚涨过，我们不是一日两日了，仍按每铺三块五一宿收吧。”

一住半个月，那退休老中医真的极好手段，不但将断肋挪正了原位，胸口积闷也排解干净了。夫妻两边谢过了，收拾回家。在乡里下了车，取路向摆渡口而来。沿途见两边田里秧青水白，心里焦急，脚下这一二十里路，不知不觉间走完了。到了摆渡口，这边岸边没一个过渡的人，收住脚等。站了一会儿，丈夫照老样子闷声不吭，何碧秋早习惯了，不去管他。再站了一会儿，风从库水上悠悠地荡过来，吹透衣缝，激得皮肉有了松紧，这眼中的目光，一时便长长短短起来。

却见面前一库春水陡地涨过，下边一条岸埂被淹没了，水逼到上一条埂来，地皮浸湿透了。那水不比冬夏，碧透纯清得令人眼馋。上边这条埂头被无数只脚踩踏过的草梗，得着这些滋补，悄悄撑起了身子，又绽开新鲜茎干和嫩头。头顶一颗太阳像刚被这一库碧水泡过洗过，将一盘蓝空照得干净透亮。地上有地气云云雾雾漫起，远处近处的庄子、树木、庄稼、坡洼沟坎遮得糊糊涂涂，看不清之间的人、狗、牛和家养牲畜在走在跑在站。目光不觉软了酸了，收回来，向两边扫看。见左边一片天大白浪，被一截黑铁似的库坝阻住，那浪翻来翻去翻不出多少花样。有鸟在天上要么成群结队，要么单溜，再落到水面上歇住，猜测不准是湖鸥还是野鸭。将目光由这片白水上拢过来，那水越向右走越窄，到眼前便是二三里宽的库汊。库汊折向右边去，七绕八绕，把头埋进一道又一道坡坎里去了……看到此处，才眺见对岸也无人待渡，船工不见影儿，一只渡船冷清清地漂靠在岸边。心里明白，必得要喊了。

喊声也像目光一样，长长短短，传递到对岸去。先是女的喊了一阵，再是男的喊了一阵，才把对岸喊应了。遥见船工拿篙将空船撑出，再换桨摇过库汊中央，却懒得再换篙，只用两柄桨，咿咿呀呀摇近前来。

到岸边停下，船工老脸似乎与往日有些不同。听他说："消闲三五日了，想今天必定上床仰觉，不想到底摆渡了你两位。"何碧秋不解道："人呢？"船工道："自西北方向土路修好，由村里出去的，宁愿骑自行车绕着走。没来得及买车的，也只搭乘顺路拖拉机。"何碧秋问："难道外边没来村里的？"船工道："谁来这块僻地？上面来人呢，有大车小车送。这不，早上来过两拨人。一辆面包，是来验收庄稼的。另有一辆小车，都从那边绕行的。"又道："我和这只船，怕是穿旧的衣裳，要收收叠叠，被人搁放进箱子里啰。"

见他对摆渡如此恋恋不舍，又如此伤感，何碧秋也随了同样心情，胸口多了些许惆怅。便找出些话来打岔，顺口问道："另一辆小车，又来办什么事呢？"船工道："不清楚。"再瞅瞅认出她了："真忘了你是告状的万家，这是你当家的？那桩案子还没了？"何碧秋说："怕是早着呢。"等船靠岸，又说了两句，双方分手。

到了家里，帮看家的亲戚说："上午来警车，把村长铐走了。"何碧秋不信道："怎么可能呢，你弄错了吧？"看家的亲戚道："我在圈里喂猪食，起先也不知情。后听村里人沸沸扬扬传，才跑去看。这时村长刚巧从门里出来，身边跟着两个穿制服的。本以为他是应酬上面公事。他的双手原是缩在袖口里的，不料走着脚下一绊，双手一甩一扬，太阳光由他两腕上反照过来，把人眼睛刺花了，才晓得他戴了手铐。"

何碧秋这才吃惊信了，问："上面人来过咱家？"亲戚道："没有。"想了一回，仍旧惊疑道："我上告他，不过想扳平个理，并没要送他去坐牢呀？"

因没料到有这个结果，往下不好说，也无话可说了。忙着弄饭吃，吃在嘴里一点不香。吃完了，看家的亲戚想起一件事来："地里的麦子起了黑花，别人说得了黑穗病呢。"

当时赶来地里看了。地里的光景跟在家时自然两样，周围油菜早收割过，栽下中秧了。这老大一片秧苗也都返青了，反衬得这块麦田乌油油绿。麦子长势已及腰眼，麦身上的黑花眼见着多了。在埂边和田中间各折下穗头，揉去芒壳，吹出蓄浆半干的颗粒来，在手里掂了两掂，估算病情，还能抢救出六七八收成。忙活了一阵，何碧秋怕丈夫累着，催促他回去歇，丈夫只是不依。

正僵持间，见一群人远远地由秧田埂上走过来，到跟前停下了。其中一个指着道："这片麦子，岂不是活教材？真该召集全体乡村干部，来开个现场会呢。"听他话音，知是上面来验收庄稼的。又认出这人是早年来讲过免耕法的乡农技员，何碧秋上前问他："种这块麦子时，我也免耕了，也条播了，也清墒了，怎么它还得病呢？"

乡农技员指指四周，答道："油菜茬口比小麦早许多，栽了秧，四面水浸润过来了。俗话说寸麦不怕尺水，尺麦却怕寸水，若没有上述措施，你的损失怕还要大。"又奇怪道："这些集中种油种麦的好处，我在全乡村干会上，讲过不止一次两次，你们村长回来没说？"

何碧秋道："他呀，先是大咧咧地让人全都种油菜，后又逼我把麦子毁了，补栽菜苗。他早讲这些理，会生出那许多事来？"

听她这么说，一群人杂叹道："这位村长呀！"略站站，向别处去了。

这边何碧秋劝不转丈夫，便把手上拾掇拾掇，一道回家。

第二部

秋菊开会

一

太阳又好起来了。何碧秋拿簸箕往麦地里撒拔节肥，撒完最后一墒了。她看见村长站着不走，便将手上拾掇拾掇，转头来说话。

何碧秋说：“你是在拿我开会吧？”村长说：“不是我拿你开会，真是通知你到上面开会。”何碧秋问：“是镇上吗？”村长说：“看情形倒不太像。”何碧秋问：“难道是去县里？”村长说：“也没这么说，只讲到上面开会，估计差不多是吧。”何碧秋疑惑道：“我一个平头百姓，并不是村民小组成员，更不是你们村委会干部，说让我开会，而且还上县里，到底怎么回事呢？”村长说：“我也讲不清楚，你去了不就晓得了。”

走着说着到家，看见一辆黑色轿车停在门口，牌照上打头一连串都是0，末尾是个“9”字。正看着，屋门吱呀一声开了，出来一个穿着鲜亮的陌生青年，后面跟着丈夫万善庆，手里拎着家里那只拉链提包。万善庆说："你回来啦，本该我自己去喊的，因为急着帮你收拾行李，只好请村长辛苦代劳一趟了。"又指指拉链提包说："里面都齐备了，外罩衣、毛褂毛裤、换穿内衣、袜子，还有梳子镜子牙膏牙刷洗涮用具，身份证跟钱放在靠里夹层。看看还缺了哪样。"何碧秋把头点点说："原来是真的，刚才我还以为村长说笑，拿我开会呢。"村长在一边说："现在你信了吧——哎，刚才在地里讲的那件事，可千万……"说到这里，看见青年目光催促，便住口说："好的，不耽误你了，快走吧。"何碧秋也看见青年急切的样子，便叮嘱万善庆几句，转身上车。

那车顺坡逶迤而下，穿越水库汊湾上的拱桥路堤，直奔县城。到了过境公路岔道处，车头一拐，擦着县城的边缘往前走了。何碧秋因跟青年不熟，对方又是个闷葫芦模样，不便开口询问，只把一个疑团在肚里憋着。再走一个多小时，到了市里，也是擦肩而过，随后从一个收费站口拐上高速公路，那车刹那间像是吃过涨药突然来了精神，犹如贴着水面飞起来似的，窗外各种景物风驰电掣一般，齐刷刷地往后直倒，人坐着却是平静稳当。这样走了将近两个小时，也不知过去了多少路程，车速慢下来，出收费站口转向一条大道，这时一眼能看见省城了，去的却是跟省城相反的方向。走了一阵，进了一个敞开着的大门，转弯抹角再走一小会儿，进了一个往两边缓缓拉开的栅栏门，停了下来。

何碧秋下车先看见一片阔得不能再阔的水泥场地，尽头处是一幢五层平楼，楼顶悬着两个潦草的大字，是省城的名字，看着依稀有些熟悉，再细细一想，记起来了，像是电视新闻里不止一次见过的机场，回头再看，身后更加广阔的水泥地坪上，果然挨排停放着一溜大大小小的飞机。

早有人迎过来问："大队人马正等着，专机再过10分钟就要起飞，怕你们赶不及，本来已经让下班普通航班预留了一个座位。"青年这才开了口，解释说："主要是住得太偏远，紧赶慢赶，从大早到现在，不但肚子空着，连口气都不敢细喘。"那人问："不是让提前接人，先到市里集中，再一道来省里的吗？"青年回答说："这些日子县里换届，乱成一锅粥，把事情给忘记了。昨天陡想起来，赶紧派车，又走错了路，就这么耽搁了。"那人听着，眼睛朝何碧秋看，何碧秋把头点点，也替青年解释说："我们王桥村处在三省边界线上，离江苏、浙江近，离本省反而远，往外又隔着一座水库，把通往本省的路面给隔断了，早先人是要靠船摆渡的，出一趟门难上加难。前不久在水库汊湾上修了一架拱桥，不但人走方便，小轿车也能通行的。昨天去接的人不清楚，错绕到江浙地界的老路上，那条路又早被人挖断了，这才出了差错。”

解释完毕，抓紧登上飞机，在空中飞了不足两个小时，到了北京，天色已经黑透了。

当晚住下，何碧秋想起该给家里报个平安，将电话拨到村长家里，村长说：“怎么这么晚？万善庆中午饭碗一丢就等在这里了。”说着，话筒里换成了丈夫的声音，一叠声抱怨。何碧秋说：“我一路上马不停蹄，刚刚把脚步收住，进房间就打这个电话了。”万善庆不相信，反问道：“你哪怕来回走上十趟，也用不了这许多时间呀。刚才我还在跟村长嘀咕呢，坐的是小轿车，去的不过是县城，就是到市里、省里，也早该到了，难道是去首都北京不成？”何碧秋说：“你说对了，我真在北京呢。”万善庆说：“你在说笑，拿人开会吧？”何碧秋说：“谁拿你开会了？不要说你，就是我自己，要不是亲身经历，乍听着刚才这句话，也不敢相信是真的呢。”

话筒里改成了村长的声音，说了几句来北京的事，话题转到先前说过的那件事上，何碧秋说：“这件事闹了八九近十年，说小不小，说大更大，总该有个了断——本来以为是到县里，现在上了北京，你就是不提醒，我也笃定要瞅机会说的。”

村长放下心来问：“这个会议是什么内容呢？”何碧秋说：“还不清楚。”村长问：“路上没对你讲？”何碧秋说：“那个青年人嘴巴紧得很，口齿又不怎么清楚，又像是做错事挨过训，一张脸总耷拉着，他没提，我也不好问。”村长说：“你没问一道开会的人？”何碧秋说：“还说呢，我晚到了，最后一个上的飞机，多少双眼睛齐刷刷地盯过来，虽然不是恶意，心里总觉得不是滋味，还有心思问这问那？”村长出主意说：“你现在可以问同房间的人呀。”何碧秋说：“门上贴着两个名字，一个是我，另一个也姓何，叫何玉瑶。不知怎么了，到现在不见影儿，我正等她回来打听呢。”

放下电话，洗漱上床，同房间的何玉瑶还是没有露面，或许是心里有事，翻来覆去的，差不多一夜未眠。

二

第二天早上起床洗漱好，同房间的何玉瑶回来了，两人打了招呼。何碧秋看她年纪三十五岁上下，人生得身子细小活泛，两眼很有精神，瓜子脸上一张扁长嘴巴，估摸是个爱说话的。何玉瑶说："一旦正式开会是很难脱身的，趁着这个空隙昨晚去看江苏团一个熟人，恰好她同房间的人去看熟人未回，就在那里住了一宿。"又说："虽然大家没见过面，对你、你丈夫、你们的那位村长，还有你常挂在嘴边的那句话，都不陌生的。"

正说着，门被敲了两记，一拨人走进屋来，看是几个工作人员模样的青年，簇拥着一个满面红光的中年人走在前头，听见有人小声提醒说："秋菊就住这屋。"中年人随即拿眼望过来，目光落到何玉瑶身上，原来是认识的，叫了声"小何"，转过目光，朝何碧秋亲切地笑笑，说："秋菊同志，你好啊。"握过手，何碧秋正要开口，中年人说："就这样吧，还有几个房间要看一看，你们自便。"转身出门去了。

何玉瑶介绍说："这是例行公事，省领导看望代表，刚才是姚省长。"何碧秋问："我平时看电视新闻，省长好像不是这个姓，也不是这副面孔，难道刚刚换人了不成？"何玉瑶说："姚省长是常务副省长，还兼省委副书记，个人威信也高，大家习惯上都把一个'副'字省略掉，只叫'姚省长'。"

何碧秋听了，把头点点，心里随即打定一个主意，便急步跟到走廊里，悄悄守在一边，等姚省长各个房间看望完毕，一帮工作人员散了，紧走几步追上去说："姚省长，我心里压着疑团，想找您呢。"

一道进屋坐下，姚省长说："秋菊同志，别急，有话就说吧。"何碧秋说："这就是第一个疑团，其实我的名字不叫秋菊，叫何碧秋，这……"姚省长笑着打断说："这个你就不用解释了。第二个疑团呢？"何碧秋说："我不过是王桥村的一个普通百姓，并不是村民小组成员，更不是村委会干部，现在就像做梦似的突然上了北京——要真是做梦呢倒也罢了，恰巧还是真的——往细处想想就不能不叫人担忧害怕。第二个疑团就是这个：要是你们把我误当别人错接了来，转头回不得家乡见不得爹娘，那就不是让我来开会，而是弄出天大笑话，拿我开会了！"

姚省长听了，脸色收敛起来，说："你是全国人大代表，严格履行程序选举产生的，怎么可能错呢？"又换用亲切的口气告诉她说："在很长一个时期内，人大代表是一种荣誉，前几年专门立法，明确人大代表是一种正式职务。依照宪法规定，最高国家权力机关是全国人民代表大会，由全体全国人大代表组成，要从理论上讲，你现在是最高国家权力机关的组成人员呢。"

将提名程序、选举方式、类似她这种个别中途补选的特殊情况等等，详细说了一遍。还要细说，秘书走了进来，后面跟着几个人，说有事急等汇报，话头打断了。

原来这全国人大会议已经启动了，开过驻地代表团会前动员会和人民大会堂全体预备会，再去人民大会堂听政府工作报告，接着便是代表团驻地讨论。何碧秋静心细听，只见代表发言异常踊跃，无非是称赞这个报告做得好。耐住性子听了半天，隔天上午又等了半天，再过了一个下午，到第三天临近中午时分，把手举了无数次，总算轮到了自己。

何碧秋说："我要说的是一件大事：我们王桥村除了一座水库，其实还有一座山。事情就出在这座山上，闹了八九近十年，说小不小，说大更大。谈也谈了，骂也骂了，打也打了，惊动县政府不止一次两次三次四次，连县法院市法院都宣判过两趟了，事到如今，还是没有个了断！"

仔细说了山的名称、方位，正要详说这场争执的来由，就听见会议主持人把面前茶杯敲了两记，说："请发言人注意时间。"何碧秋说："我刚说了开头，早着呢。"主持人提醒说："你还有不到三分钟了。"何碧秋声明说："这件事不是一句两句就完的，不要说三分钟，就是三十分钟、个把小时，恐怕也不一定够呢。”听见这话，代表们忍不住笑了。主持人解释说：“各人发言不得超过十五分钟，临近最后三分钟，敲茶杯提醒，这是我们团约定俗成的，你是新补选代表，所以不太清楚。”何碧秋疑问说：“刚才别人讲话，怎么不见你敲茶杯？”主持人笑道：“大家知道这个规定，掌握得很好，提前结束发言，当然不用敲杯子啰。”又说：“这样，今天就破个例，多加你五分钟吧。”何碧秋赶紧长话短说，还没理出个头绪，五分钟早过去了，茶杯又当当两响，只好住了口。

回到屋里，何玉瑶安慰几句，何碧秋不服说：“我一个平头百姓，要换作别人，比如一个领导，谅他不敢敲的。”何玉瑶说：“怎么不敢？大前年一个喜欢说长话的省人大副主任说到兴头上，敲茶杯又装作没听见，倚老卖老滔滔不绝，结果硬把话筒拿走，当众闹了他一个大红脸。”何碧秋想了想说：“我仔细听了，大家说来说去，话题、用词都大差不离，这些话当然是金口玉言，说是应该说的，多说几遍也是可以的，可每个人都这样重复啰唆一种腔调，岂不是白白耗费了时间？我跟他们不同，说的可是一件大事。”

将事情拣要害处大致说了一遍。何玉瑶忍不住笑了，嘴里说："你这算大事啊？"何碧秋反问道："一座大山，一个村，一家林场，牵系着近千号人口几百亩山地，消耗掉八九近十年时间，还挟裹着县政府和县市两级法院，暗藏着背后多少曲折环节，这不算大事，那什么算大事呢？"

何玉瑶笑道："我上届、上上届也是代表，连任了三届，这届已经是第四次会议了，前后十四年来北京开了十四次会议，见过听过的不计其数，哪样没有？其中包括杀人放火、刑讯逼供、报复陷害、包庇纵容、枉法裁判、玩忽职守、贪污腐败、涉黑贩毒洗钱等等，具体到每一桩，从当事人立场看，当然天大地大。就像你刚才讲的这件事，在你们王桥村和县里市里，惊天动地，可放到全国人大会议上来，仍然属于个案，是不能算作大事的。"何碧秋问："你倒说说，什么是大事呢？"何玉瑶回答说："国计民生、体制改革、稳定繁荣，什么事有这些事大？别看大家发言千篇一律，其实每一句都跟它们紧密关联，非说不可的。"何碧秋一时嘴巴堵住，说不出话来。

晚上睡不着，说："上午还在自家麦地里忙活呢，来了辆轿车请你坐进去，一路刮风似的到县里市里省里，又都是擦肩而过，再乘上飞机降落到北京，眨眼之间一步登天，忽然就由一个平头百姓变成了最高权力机关组成人员——既是这样，话都不让说完！”何玉瑶劝解一番，举例说：“不但会议发言，就连电视采访、大会简报，也要固定话题和限制时间篇幅的——若不这样做，电视广播报纸岂不要撤掉所有栏目，让这个会填得满满实实，恐怕还不够用呢！”何碧秋仔细想想，觉得她说得有理，又想到自己的心事，嘴里说：“那我岂不是白来北京开这个会了？”何玉瑶说：“上面早就考虑到这类问题，特地设立了代表联名议案和个人批评建议制度。”又建议说：“这件事其实很好办：要么以你个人名义写批评建议向上反映，要么由你领衔联名向大会提交议案，两种方式，哪一样都行的。”

随即将批评建议与联名议案的区别、要求以及注意事项、截止日期等等，详细介绍了一遍。

按她所说，何碧秋熬了几个半夜，将事件概貌整理出来，压缩删减停当，请驻会材料小组打印清楚，又依照何玉瑶教的方法，顺利征集到三十位代表签名，按期交了上去。悬着的一块石头落了地，安下心来开会。往下会议越发紧张了，连续去人民大会堂听国民经济发展报告、财政预算报告、最高法报告、最高检报告、全国人大工作报告等等，照例又有驻地全团审议、大组发言、小组讨论等等，又到人民大会堂跟中央领导座谈，集体接受境外新闻媒体采访，就连中间唯一一个休息日，也安排专车送代表车轴转动一般游看了天安门、故宫、中南海、天坛、世界公园、民族文化园各处，不但日程排得满满塞塞，早晚也是分秒必争，紧张得透不过气，连同房间两个人说闲话的功夫都没有了。

三

散会回家，告诉丈夫万善庆说："我这个全国人大代表是中途增补的。我们省原先一共一百三十一名全国人大代表，后来有个省委副书记工作变动调到外省当省长去了，又有一个副省长和一个市长违法犯罪关进监狱被罢免，再有一个基层代表生病去世，前前后后一共空出了四个位置，中央返还一个名额，落在了我的头上。"

正说着，村长赶了过来，疑惑地说："依我的想法，既然是人大代表，就应该经过大家举手同意，刚才你说严格履行了程序，可据我所知，不但我们王桥村的村民、我这个村长，就连你本人，事先也像是蒙在了鼓里。"何碧秋说："情况是不一样的。”村长追问说：“怎么不一样呢？”何碧秋说：“一个是直接选举，一个是间接选举。”村长依旧疑惑说：“直接选举也罢，间接选举也罢，冲着‘选举’两个字，总要有人举手表决吧？”

何碧秋说：“怎么没有举手表决呢？全国人大代表是由省人代会选举产生的，候选人一般由组织推荐提名，相关政治背景、素质品行的考察，也由组织部门直接操作，本人并不参与。年前省人代会提交了两个候选人，一个是文化界人士，一个是我，就从两个当中筛选一个。投票计算下来，没想到是我领了先——这些弯曲环节，我也是在北京才弄清楚的。”村长把头点点，又问：“是不是每个人都像你这样，一声不响先接到上面，临到开会才晓得自己当了代表？”何碧秋摇头说：“当然不是。正式选举结果应该及时通知本人，这次主要错在县里这个环节，因为忙着换届，急中出乱，给耽搁了。”

村长放下心来，解释说：“我并不是怀疑你，也不是责问这件事，只因这个头衔太大，又是冷不防从天上陡然掉下来的，心里不由得犯嘀咕——既然确凿核对过，不但你本人，更是我们王桥村解决难题的一个大好机遇了。”

话题转到山林纠纷上，何碧秋说了提交议案的事，又说了相关的法律规定，还要细说会议详情，村长见万善庆连打呵欠，便截住话头，起身告辞。

何碧秋第二天下地忙活。原来走了这许多日子，地底热力腾蒸，庄稼早就憋足了元气，举头望去，满墒都是旺眼绿色。就从这一天开始，先是借着一场透骨春雨，又连晒了几个大好太阳，不过一个月之间，每一棵麦苗都嗖地将身子从泥土里挣扎出来，一节接着一节往上蹿长，抵到了人的腰眼部位。施足压趟基肥，挖出排水墒沟，薅除掉田埂边新生杂草，将午季前的一应活儿收拾停当，松了口气，转身来看那座山。

远远望见一抹暗浅绿色，忍不住朝跟前走去，到了近处，才看清满山浅绿是由一片淡青凝聚而成，这淡青又是朵朵嫩黄积集在一起的。拿眼细看，各种树木鲜梢绽放，不但桑树榆树柏树栗树香椿树这些眼下在城里十分吃香的树种，就连山脚下丛丛蔓蔓的枸杞，全都粒粒芽苞鼓胀挺翘，像是蓄满了待挤的奶水，自然又是一个山野菜肴的大年。看了一回，心事转到山林纠纷上面，又想了片刻，返身回家。

听丈夫万善庆说："村长托人捎来了一封信，还有一个口信，说县里打电话来，通知你去开会。"试探着问家里装电话的事，何碧秋感叹说："这几年一年不比一年，往地里填进去的钱越来越多，从地里变出来的钱越来越少，眼看粮价还在跌，不要说电话，恐怕连肚子都装不满呢。”万善庆也跟着抱怨：“守着一座能刨金剜银的山林，闹了八九近十年没有个了断，白白糟蹋了多少老天爷的出产！”

看了信，是盖了县政府鲜红大印的公函，原来全国人大已将她提交的议案批转下来，责成县里具体办理。口信也与此有关，是参加一个人大代表政协委员议案提案办理情况反馈通报会。

何碧秋进了城，在县政府大院门口被两个制服拦住。原来一应人员进出，都从他二人手中放行，连小轿车来来往往，也全凭两面红旗绿旗舞动。两个制服也不说话，只将手往旁边一间小屋窗口指了指。何碧秋走到近前，仰脸望见“登记室”三个字，低头看窗口，里面黑黢黢的，隐约坐着一个人，面貌不是十分清楚。掏出身份证递进去，随即被扔了出来，一个声音说：“请出示工作证，这个是不管用的。”何碧秋解释说：“我是水库那边王桥村的一个村民，没有工作证，我们先前出门在外办事情，用的都是这个。”里面的声音便问：“那你来县政府，是想反映什么事呢？”何碧秋说：“这件事说起来有些牵涉面，又有许多弯环曲折，站在这里三言两语一时半刻是不够用的，还是进了大楼再详细说吧。”里面的声音指点说：“你来错地方了，你应该去的是县信访办——就从门口这条马路乘三路车往西一直到底，再换乘八路往城郊走，两站下来路边一幢灰楼登上三层，打听便是了。”何碧秋解释道：“你把事情弄拧了，我是进县政府大楼，并不是找信访办。”里面的声音淡下来，说：“跟你明白说吧，县政府大楼是不能随便出入的，县领导也不是谁想见就见的——你不妨倒过来想想，全县几百万人口，若是谁都事前不打招呼往这道门里来，一幢楼岂不要挤炸了？每个县领导都有繁重公务，若是你也来找他也来找，岂不耽搁了党政大事？”

何碧秋听了，觉得有些话并不入耳，待要回敬几句，想想又咽回肚里，嘴里说：“你还是弄拧了，并不是我要来，是县政府发通知让我来的呀。”里面的声音问：“让你来做什么呢？”何碧秋说：“开会呀。”里面的声音问开什么会，何碧秋详细说了具体内容，又掏出县政府通知和全国人大代表证递进去，里面的声音变得柔和起来，说：“你刚才干吗不直截了当地说呢——有其中一样东西，就可以直接进门，不需要来这里登记的。”

转来大门口，两个制服看了开会通知和代表证，脸上漾出笑来，一叠声让进。何碧秋想起刚才进门的情景，疑问说："三五年前我来过一趟，那时并没有砌围墙，也没有造这堵门楼和挡在门口的钢铁栅栏，更没有让人出示证件登记入册再三盘问，一座大楼直进直出，方便得很。"其中一个制服回答说："这是防止有人闯进大楼干扰秩序，很有必要这样的。"另一个制服补充说："现在社会进步、条件改善，也是应该这样的。"

议论了几句，上楼找到地点，见人差不多都到齐了。何碧秋找了个空座位坐定，一屋子叽叽喳喳说话声突然静了下来，原来又有几个人走进来，径直坐在主要席位上，随即宣布正式开会了。

听一位县府办分管主任通报情况说："我手中的代表议案和委员提案合计二百一十八件，其中县人大代表政协委员占大多数，一百七十六件；市代表委员二十六件，是市人大市政协转来的；省代表委员十五件，由省人大省政协转来的；全国人大代表一件，由全国人大转来的。目前能办理的都办理了，不能办理和目前不具备条件办理的，也已经记录备案。"

往下介绍相关办理情况，听他说得十分详细，不但每桩事情的前因后果，就连办理过程种种环节和事后反响，也不厌其烦逐一列举。说了一上午，不见有王桥村的山林纠纷，等收住话头，早过了十二点。何碧秋看看时间，只好忍住。

吃过中饭，上街转悠到上班时间，何碧秋返回政府大楼，见会议室门锁着。等了一会儿不见动静，找到分管主任打听，分管主任回答说："会已经散了。"何碧秋奇怪说："我还没有轮到发言，怎么就散了？"分管主任解释说："这是每年一次的例会，通报情况而已，不安排代表委员发言的——你是新补选的人大代表，所以不了解。"

何碧秋听了，跟他协商说："我丢下一地的活，大老远的过来一趟不容易，能不能挤个时间，听我说一说呢。"分管主任朝她瞅瞅，像是不认识似的。何碧秋以为他没听明白，又说了一遍，分管主任把头直摇说："我手头一大堆事，那边有好几个人急等着，还有接连两个会要开，正恨时间不够用，从哪里去挤？"何碧秋说："这件事不比寻常，已经拖了八九近十年了，你手头的事再多再忙，无论如何也是不能跟我比的。"又说了几句，分管主任有些不耐烦了，截断话头说："今天倒是长了见识！你倒说说，谁不是丢下手头的事来开会的？若是大家都像你这样，各人都让挤个时间听他说一遍，恐怕十天十夜也开不完一个会——哪怕将我这个分管主任拿刀劈成八瓣，也要团团转忙不过来呢。”何碧秋见他烦躁，心里也有些火了，抱怨说：“将人从大老远的地方通知来，该办的事情没办，又不让说话，这哪里是开会，简直是拿人开会了！”

争执起来，惊动两边人来看，有进屋帮分管主任说话的，也有劝何碧秋回家的。正乱着，听见有人说了一句：“吴秘书长来了。”人群立刻退走开了。

何碧秋转眼看见一张半生略熟的脸，却是那天去王桥接自己的青年。青年也认出她来，招呼说：“我原来在南边山区一个市做团委工作，前不久全省干部大轮调时交流过来的，接你的那次，还是第一天上班呢。”何碧秋点头说：“怪不得你那天话少。我听见一句两句口音，觉得口齿不是十分清楚，心里疑惑是外地人，因为不很熟悉，不好开口问——从年龄上猜想你大概是个秘书，不承想竟当到秘书长了。”吴秘书长笑着说：“啥秘书长呀，就是个大管家，是大家抬举我才这么叫的。”

转回正题，何碧秋向吴秘书长质疑说：“既然是开会，将人从四面八方叫了来，就是让说话的，干吗不安排发言呢？”吴秘书长朝她看看，耐心解释道：“开会跟开会是不一样的，比如说，有的会议是谁都可以说的；有的会议是让谁说谁才说的；有的会议只有几个人有资格说；有的会议只能一个人说——这里面谁能说谁不能说、谁先说谁后说，以及该说什么不该说什么，都很有讲究和区别——今天的情况通报会的安排，是依照历年的惯例，并不是针对你一个人的。”何碧秋听了，心里受用了一些。看看分管主任，也解释说：“我更不是针对他的，只因有话找不到地方说，心里一着急，嘴里就上火了。”

气氛缓和下来，三个人对坐在沙发上，吴秘书长大致问了争吵事由，翻开一个本子看了看，说：“下午确实有两个会，之前有二十分钟时间，趁着这个空当，一个分管主任，加我一个秘书长，算是个小型专门会议了，你就长话短讲，抓紧说吧。”

何碧秋从头略说道：“这座山叫女山，名字由一个传说而来，就不详细说了。山上有两种类型的树，一种是原有的，一种是后栽的，详情也不说了。争执就是这座女山，我们王桥村说是我们的，林场说是他们的，双方振振有词各讲各的理，谈也谈了，骂也骂了，打也打了，都不肯让步，闹了八九近十年，一场纠纷说小不小，说大更大……”吴秘书长截住话头说：“既是双方争执不休，那就应该请政府出面裁决呀？”何碧秋说：“还说呢，最初两家倒是心平气和轻风细雨，麻烦就出在政府裁决上。”

吴秘书长听见这话，嘴里惊讶地“哦”了一声。何碧秋说：“事情从村里乡里镇里一直折腾到了县里，县政府出面兴师动众地开了一个专题协调会，王桥村和林场两家该到场的都到场了，该说的话都说了，该出示的依据都出示了，事到临末，由县政府名义发了一个协调结果红头文件——也就是这个红头文件，把争执双方弄成了干柴烈火，熊熊地烧将起来，越烧越旺，八九近十年也不见熄灭。”

吴秘书长听了，又“哦”一声，问：“问题到底出在什么地方呢？”何碧秋告诉他说：“协调文件上写有这么一句话：‘王桥村所属山地以原有树木为界，林场所属山地以马尾松为界。’”吴秘书长插问说：“原有树木自然四处蔓生不用说，那马尾松分布情况怎样呢？”何碧秋回答说：“这是后来引种的树，虽然像个瘌痢头似的稀稀疏疏不能成林成片，却是漫山遍野，整个女山角角落落都布满了的。”

吴秘书长听懂了，说：“我明白了：以原有树木为界，是指这座女山；以马尾松为界，还是这座女山。若按照县政府协调文件上这种措词，你们王桥村和他们林场同时拥有这座女山了。”又评判说：“这叫‘一女二嫁’，难免要起争执。”想了想，又疑问说：“一个县政府，竟有这种荒唐文件，怎么可能呢？”

何碧秋说：“不信你问他呀。”吴秘书长朝分管主任看看，分管主任不说话，只把头轻轻点了一点。

吴秘书长收回目光笑道："既然县政府文件措词如此颠倒错乱，又引起这么长时间的混乱，干吗不找上门去，公开指出来，敦促它早点纠正呢？"何碧秋抱怨说："怎么没有找上门，无数的人找了无数趟，差点累断了腿不说，说过的话多得简直箩装筐存肩挑背扛，根本一丁点作用也不起的！"

吴秘书长听了，将笑容收敛了起来，想了想说："你早年一场官司开了风气之先，特别是那句话，报纸电视广播每天不断引用，成了人们挂在嘴边的社会流行词汇——我倒要猜想一句了：依你的性格，恐怕要走上法庭讨个说法了吧？"何碧秋说："我正要说给你听呢。"将王桥村向法院递交诉状状告县政府的经过大致说了一遍，说："一审驳回起诉，败了；上诉二审，维持原判，也败了。"

吴秘书长听了，满脸惊讶，朝分管主任看，分管主任还是不说话，依旧把头轻轻点了一点。

沉吟半晌，吴秘书长说："依我个人看法，这场纠纷看似复杂，其实真正解决起来，也不是……"说到这里，有秘书来叫，打断了。

片刻回屋，吴秘书长接着刚才话头说："——今天就到这里，你先回去吧。”说完，跟分管主任赶会去了。

四

回到家里，听丈夫万善庆说：“村长让你赶过去，村班子等着碰头呢。”何碧秋说：“我既不是村民小组成员，更不是村委会干部，干吗等我？”万善庆说：“我也这么说了，村长说，你当了全国人大代表，眼下不比过去，村里今后一应大事小事，都要参与决策的。”

跟村委一班人见了面，问得七嘴八舌。何碧秋大致说了前一个通报会情形，又详细说了后一个三人专题会的经过，说：“这个吴秘书长，就是上次来接我的那个青年，是从南部山区一个市的团委交流过来的，别看年纪轻，人倒很实在，又很有耐心，看样子蛮有魄力，听他口气也是想认真办一办的——因为赶着开会，没来得及往深处说。”村委一班人听了，议论一番说：“这桩纠纷闹了八九近十年了，急也不在一时半刻，索性等一等，若他抓紧办了最好，若是拖着没办，瞅着有合适的机会，不妨多跑几趟。”何碧秋想了想，说：“再过三五个月，本省的全国人大代表要集中视察，听说我们县也是范围，那时身份不同，见了面，我再向他打催牌吧。”

临近日期，跟何玉瑶通了个电话，何玉瑶说：“视察共分西北、西南和东南三个片，西北片是省人大王主任带队，西南片是省政协廖主席带队，东南片是姚省长带队——我和你都在东南片，看日程安排，明天头一站就是你们县。”何碧秋恍然说：“怪不得叫我不去省城，直接在县里坐等——你们一路赶过来，恐怕下午才能到呢。”

第二天提前进城，先来政府大楼找吴秘书长，见屋里站了一地的人，进进出出忙得团团转，耐心等到一个空隙，进屋坐下，说：“那天你急着开会，话没有说完，这段日子心里一直惦记着，今天好不容易才讲上话，很想知道结果怎样呢。”吴秘书长转过头，看清是何碧秋，嘴里问：“你是问山林纠纷的事吧？”打了一个停顿，将思绪调转过来，回答说：“我抽空调看过相关材料了，情况跟你上次说的并没有大的出入，其中许多弯曲转折，也正像你所说的，只有一个最为要害的环节。”到这里，沉吟一番，像是还有话想说未说，又打了一个手势，咽回去了。

正要往下细问，有人捧着一叠材料进来，原来是刚打印好的代表视察日程线路安排和接待方案，何碧秋不便多打搅，看看时间，估计视察组脚跟脚就要到了，便招呼一声，先转来县宾馆迎候。

那代表视察组直到天擦黑才到。何碧秋跟何玉瑶见了面，十分亲切，吃过晚饭，回到房间说话。何碧秋问道：“你电话里说是姚省长带队，怎么不见他人呢？”何玉瑶说：“因为北京临时有个急会，这个会又非姚省长去开不可，不能来了——本来还有两个在位的厅长可以顶替，不承想事有凑巧，一个是北京部里来人要陪，一个是领导班子述职考察，他两个也脱不开身。只好矮子队里拔将军，请现在这位省政协常委当了领队。”又说：“只因这个变化，一路过来途经市里时，两头弄岔了信息，错中生错，把时间给耽搁了。”

见何碧秋脸上疑惑，告诉她说：“最初说是姚省长来，市里一班人都丢下手头工作，提前赶到市境交界处等候；中途听说换了领队，这拨人只好调头回去，改派了两名工作人员乘一辆普桑，退转到过境公路迎送——我们先在市境交界处等了一个空，再赶到过境公路那边，又扑了一个空——原来那辆普桑见久等不至，追到市境交界处了——一来二去，耗费了时间，所以晚到了。”

何碧秋不解说：“姚省长当领队也罢，两个厅长和政协常委当领队也罢，都是代表视察，怎么迎送规格就变了呢？”何玉瑶说：“按理讲人大代表是不讲级别高低的，我前后十四年连任三届，经历了各种场面，才弄清楚其实大有讲究。比如说，若是姚省长领队，他是常务副省长，还兼省委副书记，不但书记市长，连人大政协纪委这五大班子的一把手，是一个也不能少，必须赶到市境交界处迎候的；若是一般省领导，像省人大副主任、省政协副主席之类，接待层次就相应降低；若换成现在的省政协常委领队，这些程序便可有可无，迎接不迎接都无所谓，连工作人员都不一定要派的了。”又说：“你们县出面的是一位政府秘书长，年纪虽轻，从职务上讲，依照县一级这个层次，规格还略高了一点呢。”

何碧秋说：“你说的这位吴秘书长是从南部山区一个市交流过来的，年龄、耐心、魄力都与众不同，我在北京提交的议案已经转下来，正在他手上办着呢。”

话题转到山林纠纷上，说了吴秘书长上次说过的话，又将吴秘书长刚说过的话学了一遍，说：“听话听音，看他的口气，是很有诚意想办的，让人担心的倒还是挟裹在其中的那个要害环节，只怕它又要从中作祟。”待要细说，外面喊集中，把话头收住了。

原来在这个县只安排视察一个整天。第二天擦黑起床，吃过早饭立即动身，上午一路过去连续看了城关大棚、郊区塑编、濒湖养殖三个点，中饭在濒湖品尝了当地八脚水产；下午略喘一口气，再看张坝玩具、吴墩钢管、李垸陶瓷、钱山竹柳四个点，晚饭在钱山品尝了天然现采山珍；等赶回县宾馆，天早就黑透了，给十分钟让各人回房间抓紧洗漱了，再齐集到二楼会议室里，碰头开会。

照例先由吴秘书长代表县委县府汇报，材料已提前打印好，发到各代表人手一册，不外是县情概貌经济前瞻财税走势以及亟需解决的难题等等，虽是照本宣科，难得吴秘书长读得抑扬顿挫，又稍带了一星半点口音，夹杂了GDP一类外国字母，听上去并不感觉枯燥。汇报完毕，鼓过掌，请视察组讲话，就由领队做代表。这位省政协常委原本是个会讲话的，开口便直接切入正题，撇开人所共知的大道理，只将全天看过的各个点逐个详细剖析，不但充分肯定了郊区塑编、张坝玩具、李垸陶瓷、吴墩钢管、钱山竹柳诸种产品在当前激烈市场竞争中所具有的独特性，连濒湖八脚水产和钱山天然现采山珍的绿色功能和环保意识，也面面俱到予以恰当评判。说来说去，都是一个好字，听起来也觉得在情在理，句句入耳。说到高潮处，戛然止住，朝大家拱手谦虚道："我是走马观花就事论事，预先没有跟大家商量，但凭个人点滴体会说了这些，很不全面，挂一漏万在所难免。"目光各处扫了一扫，到何碧秋这边，打个停顿说："你是本县人，一切都是亲眼所见，应该体会更深的。"

何碧秋把头点点，接口说："今天我是准备好要发言的，不过，我真正想说的，是另一件事。"

约略才说几句山林纠纷，被领队截住了话头，提醒说："今天是视察专题汇报会，其他不相干的事项，就不要说了罢。"何碧秋解释说："这是一件大事，今天正是机会，不能不说的——"待要往下讲，见领队举手朝她直摇，便加重语气强调说："上次我在北京说过一个开头，也提了正式议案，议案也转到县里了，因为其中隐藏着一个要害环节，只怕它……"还要再说，领队已经站起身来，宣布说："时间不早了，明天日程安排非常紧，就到这里吧。"连打了两个呵欠，挥手让大家散了。

那领队把何碧秋叫到房间，掩上门，拿眼瞅了一瞅，笑着问道："刚才不让说话，猜想你一定憋闷在心里，很不服气吧。"何碧秋点头承认说："要服气那才怪呢——你不喊我，我也要找上门来的。"

两人坐下说话。领队说："现在不会打断你了，有什么话，尽管畅所欲言吧。"何碧秋责怪说："这我就不懂了：同样是全国人大代表，同样下来视察，开的是同一个会，凭什么只准你讲话，不准我讲话呢？"领队解释说："我讲话和你讲话，是不一样的。"何碧秋问："怎么个不一样呢？"领队说："你仔细想想，自然会明白的。"何碧秋想了一想，问："是不是因为你当领队，又兼了省政协常委，我只是王桥村的一个普通村民，双方高低悬殊，身份有贵贱不同呢？"领队摇头说："你弄拧了，我说的不是这个。"何碧秋又想了一想，再问道："是不是你我二人说话口气有差别：你嘴里从头至尾都是一个好字，我开口便掀揭了别人的瘌痢疮疤——难不成我们人大代表集中视察，每到一个地方，不管碰到什么情形，只准讲好，不能讲坏？"领队把头直摇说："你还是弄拧了，绝对没有这个意思的。"何碧秋追问道："那到底是什么意思呢？"

领队打个停顿，缓和着口气说："其实我找你来，是想弄清楚你想说的，到底是怎么回事。”何碧秋听了，待要说给他听，又忍不住奇怪道：“这我就又不懂了：刚才开会众目睽睽，你不让光明正大地说，现在两个人面对面关在屋里，倒让我窃窃私语，岂不是将一件冠冕堂皇的事情，弄成鬼鬼祟祟见不得亮光了？”领队解释说：“会上讲和会下讲，是有区别的。”何碧秋问说：“怎么个区别呢？”领队回答说：“有些事可以会上公开讲，有些事只能关了门先在会下讲，这是不一样的。”何碧秋问：“怎么个不一样呢？”

领队张嘴要说，像是被噎住了，把话又咽了回去。稍等片刻，开口笑道：“你正在气头上，不是合适的说话气氛：我说的一个意思，你理解又是一个意思，双方拧来拗去，弄得跟吵架似的——时间不早了，你先回房休息，有机会再交换意见吧。”

回到房间，将刚才双方对话的经过情形复述了一遍，何玉瑶评判道：“依我的看法，若是换一个角度，其实也是不能怪他的。”何碧秋惊讶道：“不承想你反替他说话，倒要听听这个理了。”何玉瑶耐心剖析说：“他刚才在会上所讲的，都是今天一天走过听过看过的内容，是褒是贬，是对是错，大家心中一把尺子可以随时测量；你要讲的这件事，并不是大家亲身经历，不但真假对错难辨，即便你说的句句属实，也只能算个人发言，却很容易被误当作整个视察组的看法——你说，哪怕是你自己当这个领队，该不该迎头把话题打断呢？”

又详细解说“会上讲和会下讲”的区别道：“并不是所有的事都能直接拿到会上讲的，尤其是一些敏感的事情，若是先在会下讲一讲，事前相互沟通达成共识，统一了口径，再拿到会上公开讲，岂不是更有确凿把握——你不妨设身处地替他仔细想想，你讲得对倒还罢了，若是讲错了，或是捅出什么娄子来，究竟是算在你的头上，还是算他这个人大代表视察组领队的呢？”

说了这些，又安慰道：“我刚当代表也是无数疑团，在肚里藏着掖着想都不能细想，哪敢像你这样有话张嘴就说——只因天长日久，经历了各种场面，又见识了许多习惯做法，碰上过若干约定俗成的东西，见怪不怪，也多多少少明白了其中一些转弯抹角的道理。”

何碧秋低头咀嚼一番，觉着句句在理，把头直点说：“照这么讲，反倒是我小人心胸，度他君子之腹了。”

再来找领队，已经睡下了，敲门请他起来，进屋抱歉道：

"刚才让讲没讲，回去细想，才明白拂逆了你的好意。"领队笑道："你是中途增补的新代表，又是第一次参加集中视察，有些看法差异，包括产生一些误会，是难免的，也是可以理解的——只是不料你这么快就想通了。"

扯了几句闲话，看看气氛差不多了，领队这才收转正题，说："刚才说话是为打打迷盹，此刻我已经醒透了，有什么话，抓紧说吧。"

就从纠纷缘由说起，说到县政府文件时，领队不解插问道："县政府郑重其事出面协调，应该是一个严肃正规的场面，无非是缩小分歧统一认识，借此彻底解决事端。依我的揣想，因为双方对立，各讲各的理，什么奇谈怪论都在所难免，只是这'一女二嫁'的荒唐措词，别人倒也罢了，你干吗不当场指破谬误，也不至于让它写进正式文件里呀？"何碧秋摇头说："我并不在现场，而且据我所知，会上不但确凿没有人提这种火上浇油的馊主意，即便跟它相干的一字一词，也没人讲过。"领队惊讶道："那它又是从哪里来的呢？"何碧秋说："其中来由有些错中添巧，不免弯环曲折，不是一句两句说得清，细讲起来，只怕耽搁你休息。"领队说："不要紧，只管说吧。"

何碧秋先解释道："因为我既不是村民小组成员，也不是村委会干部，更不像眼下当全国人大代表，一应大事小事自然轮不到我一个平头百姓出场，所以这桩纠纷最初并没有介入——虽然如此，却因事关我们整个王桥村，又闹腾了许多年头，不但是我，就连全村的上下老少，对其中盘根错节详情，都是清清楚楚，张口能说明白的——”

详细说道：“纷争的起源我就不再重复，单讲县政府专题协调会吧。地点就在县府大楼二层会议室，王桥村和林场两家该到场的都到场了，该说的话都说了，这边无非是说女山跟王桥自古土石勾连，祖祖辈辈流传给儿孙的饭碗，不容外人插脚；那边无非是说林场恰为这座女山设立，当年引进栽种马尾松百般辛苦，现在正靠它当衣食父母；等等。双方腔调说辞倒还平静和缓，各自肚里也早有底线，只等主持人开口稍微拢一拢，大路朝天，各走半边，就此罢手。这主持人出面讲了几句，果然拢得大差不离，往下只需起草一个会议纪要，王桥村和林场两家依葫芦画瓢严格遵照执行，便万事皆休了——谁也不承想，就在这个不起眼的环节，出了第一个错。”

正说着，有人敲门，原来是何玉瑶担心二人争吵，过来探望，就请她坐下一道听讲。领队问：“到底怎么回事呢？”何碧秋说：“这第一个错出在起草文件的人身上，不知他就是那种拆烂污的水平呢，还是他中午喝老酒灌多了黄汤呢，或是他不把平民百姓的疾苦痒痛放在心上呢，总之一句话，这个人如同鬼神附体脑子坏了，竟然把‘王桥村以原有山木为界，林场以马尾松为界’两句含糊不清的混账词语，写进了文件草稿——碰巧那上面审核的没有细看，眼睛往纸上略扫一扫，随手写上名字签发了，一来二去，印成了红头黑字文件，这便是第二个环节出了错！”

领队不以为然道：“既然错了，改正过来，不就得了？”何碧秋说：“你并不知实情，那签署文件的并不是一般人物……”

待要说名字，领队连忙举手止住，嘴里提醒说：“如果牵涉具体人，不要指名道姓，就事论事罢。”

按照领队要求，省略了姓名往下说，才说到一半，那领队惊讶插话道：“我说呢，原来一件十分寻常的事情，竟被拨弄得如此复杂！”何碧秋说：“更复杂的还在后面呢，刚才说第一、第二个环节出错，并不算什么，这第三个环节的错，不但是大错，听起来甚至都有些骇人听闻呢——”

正要往下详说，忽然觉得何玉瑶拿手碰自己，朝她看看，转头再看，领队脸上果然多了一些内容，像是有话要说。停住等了一等，那领队脸上添了些颜色，见他慢慢开口兀自感叹说：

“原没想到竟有这么曲折——幸好我及时将话题止住，若不这样，晚上的汇报会岂不乱成了一锅粥？”

说完这句，又摇头朝何碧秋嘀咕道：“若仅仅是文件措词有误，又碍着上下级的面子不宜改正，由我们从中转弯子找一个台阶，顺水借势，将难题解决了，当然是可以的，可其中竟然……”

收转话头，商量说：“我十分明白你的意思，你也不妨站在我的立场往难处想想：这桩纷争已经历时数年，又如此纠缠不清，还藏着若干复杂环节，漫说在一时半刻将它翻覆过来，就连我们代表视察组插嘴过问的借口，恐怕也是很难找到呢！”

三个人对坐着僵在屋里，不过片刻，陡地冒出一个念头来，何碧秋径直说了一遍，领队听了，反问道：“依你的主意，是将原先安排好的地点挤压掉一两个，多停留一天，腾出时间，让代表视察组去一趟你们王桥，亲眼实地看看那座女山？”何碧秋点头说：“正是。”何玉瑶在一边帮腔说：“她是本县王桥村人，大家同一届当人大代表，就便去家乡看一看，理由也是非常充分的。”又鼓励撺掇道：“机会实在难得，看过女山，现场必然有七嘴八舌反映问题的，就势抓住不放做足文章，说不定天缘巧合，一场纠纷就此得到妥善解决，你这个当领队的真是功德无量呢！”

领队听了，脸上无限艰难起来，实话实说道：“我也是连任三届代表，先后一次不落共参加视察十四回，前十三回没有当领队，照例只带耳朵和眼睛，把嘴巴丢在家里——每到一个地方，都是多看少说。”又说：“按照规定，人大代表视察并不能参与解决具体问题，更不能干涉地方工作的。”

再找出一个理由说：“我想起来了，这些视察点上报省里批准过，若要提议变动，得请示省人大同意才行——你们先回屋坐等消息吧。”

片刻过来敲门，说：“电话打过了，说不行。”打开门看，人已经走了。

五

第二天大早吴秘书长过来送行，何碧秋说了昨晚的事，免不了惋惜一番，吴秘书长劝解道：“并不能怪他——我打听过了，这个省政协常委并不驻会，其实是挂名的，人在大学当教授，还是党外人士，性格又十分随和，虽然场面上嘴巴十分练达，一颗胆却比米粒还小，‘牛不喝水强捺头’，到底还是不管用。”

说了这些，又问：“听说姚省长中途要参加视察？”何碧秋说：“是有这个话，只是没有说定。”吴秘书长问：“不知原话是怎么讲的？”何碧秋说：“我也是听说，电话是秘书打来的，说，来得及呢，就赶过来哪怕照个面也行；来不及呢，就跟大家说声抱歉了。”

又说了几句，大家分手。

那代表视察组转头向南，挨排看了四个市，每个市也只选看一个县。先看了一个农业大县，但见满眼麦浪，处处开镰，一片繁忙午收景象；又看了一个农产品加工业大县，因为紧靠邻省江苏一座发达城市，又依山近水，自然资源十分丰富，便借助天时地利做足了一篇大文章；再看了一个被称为“乡村硅谷”的电子大县，正在盘整调节再造景象；往下看了一个素有“小香港”之誉的个体私营大县。到了最后这天的上午，调头向北直奔位于京沪铁路线上的这个市，跟从北京开完会赶过来的姚省长会合。

将下半天的视察点看完，吃过晚饭，瞅准姚省长一屋子的人散去，何碧秋抓住空当进屋说：“姚省长，知道您从北京急赶过来，天上地下一路奔波劳累，本来并不想惊动您，只因见一次不容易，很怕今天过了这个村，明天就没有这个店，再找不到机会跟您当面说了。”姚省长听了，指指沙发说：“等会儿市里几位主要领导同志有事要谈，还有一个会要连晚赶回省城，只怕时间来不及——看你神情，想必不是一般的事吧？”

何碧秋坐下来喘口气点头说道：“上次北京开会我在全团讨论会说过一个开头，您恰好不在——就是我们王桥村跟附近林场的一座山林纠纷，起因也并不复杂，最初也还平缓，只因……”

才说到这里，门外已有人等着，何碧秋赶紧长话略说道：“……中途县政府出面主持开了一次会，阴错阳差蹦出了几句颠倒糊涂话，弄得双方犹如一堆干柴烈火熊熊烧将起来，争、吵、骂、打、告、判，这几个字全都沾上了，又因其中隐藏着一个要害环节，一直折腾到今天，真不知道拖到何年何月才有个了断！”

禁不住外面催促，只得站起身，姚省长抱歉一声，再叮嘱几句，送她出门。

视察完毕返转县城，来找吴秘书长，恰好有空，讲了见姚省长经过情形，告诉他说：“分手时姚省长给了两个方案：一个是另找机会面谈，一个是直接寄材料给他。”又说自己的打算：“想两步并作一步，索性带着材料跑一趟省城。”

吴秘书长听了，摇头道：“你去了是见不到姚省长的。”何碧秋问：“你是担心我进不了省府大楼吧？上次我来县里开会有过经历，那全国人大代表证不比居民身份证，只需掏出来稍稍亮一亮，门卫笃定顺利放行。”吴秘书长笑道：“这是县里，到了省城，不经预约，单凭它是根本不管用的。”何碧秋说：“那就提前打个电话约一约罢了。”吴秘书长摇头说：“你电话也打不到姚省长。”何碧秋惊讶道：“是吗？倒要听你详细说了。”吴秘书长解释道：“但凡省长的电话一律由省府总机接转，都是些训练有素的人守在那里，自然知道哪些电话该转，哪些电话不该转。”何碧秋问：“譬如是我，该不该转呢？”吴秘书长看她一眼，笑而不答。何碧秋质问说：“不转接电话，总该有个理由吧？”吴秘书长说：“只需一句‘领导不在’，轻松将你打发了。”何碧秋说：“那我多打几次，等个一天半日，看他怎样？”吴秘书长说：“漫说一天半日，就是一周半月也不行——电话打多了，那边就告诉你领导去了外地，不知道什么时候回来，一天两天三天五天都是这种答复——你是继续等呢还是不等？”

何碧秋想想有理，点头道：“那就寄材料去吧。”吴秘书长摇头道：“材料姚省长也是收不到的。”何碧秋疑讶道：“这又是怎么说呢？”吴秘书长解释说：“省领导并不亲自收阅信件，规定先由秘书开拆，那秘书每天从数十近百封来信中慎重筛选出几件，都是该办和必须办的，还要分出轻重缓急层次，这才往上递交批阅。”何碧秋放心道：“我见姚省长时秘书就在近旁，想必我的名字和这桩山林纠纷，他也略知一二。”吴秘书长摇头说：“之前还有办公厅一道关卡，类似信件每天成百上千，总被拦截下来，要么转去信访局，要么往下直转，一般是到不了秘书手边的。”

何碧秋一口气呛住，无话可说，不免由烦生愤，抱怨道：“原来一个当省长的也会虚应事务，说什么两个方案，竟是拿人开会呢！”

看见吴秘书长直摇头，仔细瞅他脸色不像，想了想，有些恍然道：“难道是不需要惊动上级，由你亲自办一办，便万事成功了？”吴秘书长听了，正色道：“正因为其中一个要害环节，不但上层领导，还得姚省长这种一言九鼎的人物——若有他表态批示，天大难事不再算难，也要萌生转机的。”

何碧秋咀嚼一番，心中依旧有些懵然，请教他道：“今天我真是听不懂了：上省城见不了面，打电话接不上线，寄材料又收不到，却又非借助姚省长出面援手不可——就譬如催一个人赶路，往左不行，往右不行，往前往后往中间也都不行——今天无论如何，你总得指一个方向吧？”

吴秘书长这才转回正题，说出一个办法来，何碧秋听了，频频点头。吴秘书长又替她分析说：“也只有到了会上，虽说不能想见就见，机会一定是有的——一旦碰上面，抓住机遇先口头说个提纲挈领，再把材料手接手递过去，便是十之八九了！”

回村见村长和村委一班人，传达了代表视察和跟姚省长见面详情，最后告诉大家吴秘书长出的主意，说：“他转弯抹角二话说了几大箩筐，是要证明‘时间服从效果’这个理，无非告诫我们不能着急，不妨耐心等三五个月，到了年底开省人代会，我跟姚省长面对面一锤敲定。”

免不了议论一番，各人挑不出刺来，只有些担心道：“并不知姚省长态度深浅呢！”何碧秋安慰道：“都说姚省长有些性格，我前天说了大致概貌，从他神情上猜测，也是有倾向的。”大家欣喜道：“当初忌惮的是挟裹着一个大官，却忘了一山更比一山高，更大的官站在他头上呢——就拿姚省长这顶铁帽子压一压，敢不摆平一个公理？”

从此将这桩山林纠纷收拢起来，一门心思扑在庄稼活上，只等年底开省人代会，跟姚省长见面。

那省人代会在省城稻香楼宾馆按期举行。何碧秋到会上先找何玉瑶，叙了几句别后家常，话题转到会议上，何碧秋说给她听道：“不知是我弄错了呢还是真的：自打跨进宾馆大门那一刻起，像是有些情绪到处游荡呢。”何玉瑶反问道：“你也察觉到了？”何碧秋说：“还用察觉？差不多明明白白摆在眼前了。”何玉瑶介绍说：“今年人代会不比往年，要选举新省长呢。”何碧秋接口说：“这有什么稀奇的？都知道原先的省长提拔到外省当了书记——位置空缺下来，自然得有人替补上去——无非由上面提出一个名字，再经代表们投票公布，便走马上任了，即便是大事也总会水到渠成的，可凭我的印象，怎么有许多人在悄悄摩拳擦掌，如同硝烟弥漫要打仗似的？”何玉瑶先把头摇摇，再把头点点，压低声腔说道：“我正要告诉你呢……”

不等说完，那边有人蜂拥着一支队伍过来，原来是省领导看望代表，在走廊里排成了一长串，顺序看了各个房间，到了跟前，挨个儿与何碧秋和何玉瑶握手招呼，从头自尾竟耗费了足足一刻钟时间，才告完毕。

看看人群远去，何玉瑶细说各人身份，走在最前列的照例是省里的书记，后面是人大主任政协主席以及副书记副省长副主任副主席一大帮，何碧秋虽不能全数叫出姓名，各种面孔倒是电视新闻里见过十分熟悉的，嘴里感叹道：“我看全国人代会上也不过是领导分头看望代表，却不承想省里开会这般隆重。”何玉瑶摇头道：“往年也都是分几拨到各代表团的，只因今年不比寻常，所以集中到一起，几乎一个不落了。”何碧秋朝她瞅瞅，反问道：“怎么一个不落？我刚才伸头探来望去，其中并找不见姚省长的身影。”何玉瑶想了一想，把头点点回答道：“猜想他是……”

说到这里，有人过来，便把话头收住了。

回屋转说山林纠纷，拿出预备好的材料来，何玉瑶说：“姚省长驻地就在近旁，已经替你打听好了。”详细告诉她道：“一说你就明白的：宾馆大门往里走时看到左前一片密匝匝的树林，其实里面圈着好大一块地方，人称东小院，进去打听便是。”

何玉瑶陪她下楼前往，先朝楼后绕了一个圈，再朝左朝右分别各绕一个圈，陆续转过花台水榭鱼池苗圃，来到可容两辆轿车并行的水泥通道上，但见路边立着几根醒目标志，拿眼细看上面符号，有红有蓝有乘有减，大致是禁止通行禁鸣喇叭禁止调头之类，另有一块标牌，写着“闲人止步”四个醒目大字。放眼看到尽头，见逶迤一带围墙遮住，从两扇院门开敞处，隐约可见青砖黛瓦了。何玉瑶指点说：“我曾经进去过一次，都是一间间互不干扰的独院平房，据说自五十年代迄今，但凡领袖人物下来视察，都住在这儿。”又说：“省人代会跟全国人代会不同，省领导跟普通代表不住同一幢楼，都分布在东小院各所平房里的。”

到了近前，被两个武警挡住，自我介绍一番，武警瞅瞅她俩胸前，疑问道：“你们既是人大代表，怎么挂列席证？”何玉瑶笑道：“这是省人代会，省人大代表是代表证，大会工作人员是工作证，其余下到一般听会人员上到我们全国人大代表，都佩戴列席证的——”掏出全国人大代表证让对方看了，嘴里说：“——所谓不知者不为错，并不能怪你们的。”

说罢再往里走，又被挡住。问：“又是怎么啦？”两个武警说：“依照执勤规定，未经领导预约者，不管是何身份，都不能随便出入的。”何碧秋说：“当然预约过呀。”两个武警婉转口气道：“那请两位稍候，到了时间，领导自然会派人出来迎接你们。”何碧秋不解道：“干吗要人来接？两个能蹦会跳的大活人，自己抬脚径直走进去，不就得了，也不用这么客气的！”两个武警解释道：“这是公事公办，也是制度，并不存在客气的问题。”何碧秋听了，告诉他俩道：“我这件事还是三五个月前全国人大代表集中视察时说好的，领导眼下一时半刻并不知道我就等在这里，怎么派人来接？”

听了这话，两个武警顿时敛了脸色，说：“照你这说，便不能算有预约，等也是白等，只能跟两位抱歉请回了。”

两边争执起来，里面有人闻声赶来，看是一个年纪略大的领队武警，听了情况，领队武警把头直摇，也是不肯通融。何碧秋急上脸来，开口质问道：“省领导也罢，平民百姓也罢，都是当代表来参加这个会的，既然到了会上，双方就应该平等对坐，怎么单凭这么一道门槛，弄出天壤之别来了——倒要请教这个理呢？”

顿时僵在那里。何玉瑶急忙劝解几句，又指着说：“她就是这种性格，细说起来，也并不是等闲人物，猜测你们是不会责怪的。”

约略介绍了，三个武警果然瞪大了眼睛。领队武警惊讶道：“原来那开风气之先的一场官司，是由您亲自打的？”两个武警也跟着感叹说：“电影看过不止一遍两遍，却没料到真正的‘秋菊’远在天边近在眼前，竟是有眼不识泰山了！”

何碧秋把头点点，又解释几句刚才的态度。气氛缓和下来，就此话题展开，免不了要问她姓名由“何碧秋”变作“秋菊”的过程，又问“讨个说法”的出处，再问当初拍电影干吗要挪到外省另找景点，等等。逐一回答了。闲话完毕，领队武警表态说：“特事特办，我亲自走一趟吧。”

一路过去畅通无阻，原来每位领导单住一处平房，径直到了姚省长的驻地，院门锁上了，问执勤战士，说大约半小时前，跟秘书一道出去了。

回屋收好材料，看天色尚早，便下楼来看风景。原来这稻香楼宾馆建在城市正中心的一座四面环水的小岛上，漫步走去看这座岛，却见其形状犹如躬身侧卧的人体，这人形的胸腹部位又坦然向光。已近傍晚，但见夕阳斜射在密匝匝的馥郁茂林上，满眼黄绿闪耀，又兼脚下遍地枯叶舒卷。虽然是初冬季节，却有无限秋色荡漾开来，说不尽的各种畅意，直沁进人的眼里心里与骨髓里了。

两人顺坡而下，沿着朝阳贴水一条青石路再走，前面换成了一截弯曲转折的鹅卵石窄径，那窄径也到了头，往下丛草足印依稀，循迹过去，被几株赭叶疏林堵住，趁着兴致未减，弯腰从树干间隙里穿插过去，抬头瞄见一小块空阔，正待仰脸细看，耳边传来何玉瑶“咿呀”一句诧异，又听她惊讶道：“真是无巧不巧——你快看，是谁在那里呢！”

何碧秋看一眼再看一眼，擦拭眼睛再看，这回看得真真切切了：那坐对水面独自深思的人，正是姚省长。

近前问候几句，直截了当转到山林纠纷话题，说：“上次说了个开头，刚才找您未能见着，不承想此刻天意碰巧，我就接着往下说了——”

将上次说过的略略带过，往下说到县政府文件荒唐措词时，姚省长插话道：“你说不是一般人物，具体职务怎样呢？”何碧秋回答说：“且不说眼下权位，便是当时，他已经是常务副县长，还兼了县委常委。”姚省长疑问道：“有权签署这类文件的，必然是县班子里能负责任的人，可领导同志也并不是神仙，总有一时疏忽稍不留神的空当——难不成生出了另外的枝节？”何碧秋点头说：“岂不正是这样！”

详细说道：“俗话常说凡事总有凑巧，那次可是错中有巧，巧上加巧了——恰恰市里来人考察调整班子，常务副县长拟提任县长，这种敏感时期难免会有流言，竟然把山林纠纷文件差错也列作了其中一条——相信他原本是很有气度想逢错必纠的，只因别人借枪打鸟，咬紧牙关无法回头了——又有心术不正的手下人，揣摩脸色以歪就歪惯了的，乘机以事为界以人画线，弄得人人自危，但凡涉及这场山林纠纷红头文件的，整座政府大楼里竟没有一个人胆敢提及一个字！”

看见姚省长脸色凝重起来，又微微点头，像是话说到他心里似的。听姚省长问道：“依你性格，想必要走上法庭，‘讨个说法’了吧？”何碧秋摇头又点头道：“只因我既不是村民小组成员，也不是村委会干部，更不像眼下当全国人大代表，大事小事轮不到平头百姓出场，所以最初我并没有介入——正式官司，是由村里打的。”姚省长问：“结果怎样呢？”何碧秋说：“一审法院判下来，我们王桥村败了。”姚省长问：“什么理由呢？”

何碧秋说："若说出来，您恐怕不会相信自己耳朵呢！"

正要细说，有人钻过树林匆匆而来，却是姚省长的秘书，带着一脸焦急。姚省长便截住话头，让她晚上新闻联播过后《焦点访谈》完毕，带材料准时到东小院门口等候，随即告辞走了。

约略片刻，见秘书返转回来，有些不成腔调，打招呼说："有急事，你晚上不用去了。"何碧秋说："明天也行的。"秘书摇头说："明天也不行。"何碧秋安慰道："也不要紧，那后天大后天大大后天，都是可以等的。"秘书解释说："是出远差，三五七天不一定的。"何碧秋惊讶道："省里开人代会，怎么这时候离开？"秘书把手摇摇道："不要多问了，回来会通知你的，就等着吧。"

马不停蹄地走了。

二人回到房间，何玉瑶评点说："猜想姚省长必是为了避嫌，找借口自己躲开了吧。"何碧秋问："他干吗这样呢？"何玉瑶说："我先前话说一半被打断了，要告诉你的就是这件事：这次省长的热门人选，其中一个便是姚省长。"何碧秋不以为然道："他原本是常务副省长，还兼了省委副书记，又已经干了许多年，俗话说水涨船高人走上游，将一个‘副’字抠掉，挪成正位，也是顺理成章的，更是理直气壮的，何至于到了躲人逃跑的地步？”何玉瑶摇头道：“话不是这么说。一段时间以来，已经有传言如同耳边风一般，刮来刮去，渐成气候了呢。”

往下说道：“传言省长由两个人争当，一个是姚省长，一个是省委那边的副书记。”何碧秋插问道：“两相比较，谁更合适呢？”何玉瑶说：“只因各有各的角度，也就各有各的优劣了，不好比较的。”何碧秋不服道：“把一颗心放在正当中，但凭公平正道，必然分出凹凸，怎么不好比较呢？”何玉瑶说：“这话嘴上说说可以，实际生活中根本行不通的——但凡是人都有不同立场，譬如让一个五官端正的人站着，请人从四面八方去看他，那一道道眼光有远有近有正有斜有深有浅，东南西北射过去，不但这个人高矮胖瘦会失了原形，恐怕还有看作鼻塌嘴歪豁牙露齿的呢！”何碧秋问：“若依你的眼光，会是谁呢？”

何玉瑶想了想说：“那边副书记任职较早，所谓梁山泊排座次，不能不讲资历，于是确胜一筹；这边姚省长当副书记略晚，却兼有常务副省长，也是稍有盈余——两相折算对冲，应该旗鼓相当打个平手，只可惜蓦地冒起了一阵白烟——”何碧秋惊问道：“难道有人想做他政治经济生活上的文章？”何玉瑶摇头道：“这几个方面倒并没有把柄。”何碧秋奇怪道：“那挑他什么刺呢？”何玉瑶迟疑道：“不说也罢。”何碧秋说：“说呀，我正要听呢。”何玉瑶道：“——因姚省长至今单身，有人便硬嚼舌头提意见反对他说：‘家都弄不好，还能管好一个省？’”

何碧秋听了，由不得气愤道：“都不像一句人话呢！”何玉瑶摇头道：“也有不但当作人话，还奉作圣旨，到处传布的呢！”

指斥一阵，转到群众口碑上，都觉得姚省长高出不是一二个点，竟是百之九九了。何玉瑶说：“所以隐隐绰绰里藏有一句话，说，如果不定姚省长，若干代表就要依法联名，替他出头呢。”

不免惋惜道：“可惜是列席会议，若有投票权，肯定也要为他添砖加瓦的！”

开了几天会，感觉列席出席并无差异，每逢大会讨论小组发言，都一样准许讲话，讲先讲后讲这讲那，也不加拘束。直到正式选举这一天，两者方才截然分明：省人大代表集中在一楼主会场投票选举，全国人大代表则被恭请上了二层，列席观望。

向大会报告两个省长候选人，一是省委那边的副书记，属提名人选；一是姚省长，属代表联名人选。往下一切紧张有序进行，约略半小时过去，投票完毕。喇叭里宣布说，电脑计票只需二十分钟，大家稍候便有结果，就不放电影了。

到了时间，正在翘首盼望，却见主席台垂下了一道白布宽幕，又有光影散乱，喇叭声响起来，宣布说电脑出了故障，改用人工操作，请大家看电影等候了。说着，四周一黑，那电影已经开演，看是外国打斗片，刀光剑影荤素夹杂，十分揪人心弦。却又是一部大片，从头至尾长达三个半小时，已是晚饭时分，计票也完毕了。

当众宣布了结果，上下两层楼都被吓了一跳：姚省长得五百一十六票，省委副书记得五百一十八票——因都没有超过半数，明天上午将再行投票重选。

草草吃饭，心里堵着，出来散步。何碧秋不服道："想都不敢想，姚省长反而少了两票！"何玉瑶说："我看倒是正常的。"何碧秋问："怎么说呢？"何玉瑶详细剖析一番，何碧秋听了，问了几个疑点，逐一听了解答，觉得有些道理，把头点点，嘴里担忧道："只不知明天结局呢。"又声明说："即使没有山林纠纷牵系，我也自有立场的。"何玉瑶判断道："自古'三分天意七分人为’——经过今天这一轮较量，往下谁赢谁输，就赌群众口碑了！”

又安慰了几句，何碧秋听罢，将一颗悬着的心放了下来，说：“若照这样讲，胜算必在姚省长了。”

回头之间，忽见有人招手，却是那天见过的领队武警。到了近前，领队武警压低声腔说：“你不是有急事要找吗，姚省长刚从外地回来了。”何碧秋问：“你看真了没有啊？”领队武警说：“不但真真切切，还是我陪他一道进屋的呢——赶早不如赶巧，你不妨这就去，正是无人打搅的空当呢。”

取了材料急促返转，就请领队武警带路，到了姚省长驻地，见院门开敞着，何碧秋跟二人招呼一声，径自走了进去。

眼光一扫，见不过两间平屋，半截院子，地上照例铺了些青砖赭石，角落里点缀着些许青松翠柏并落光了叶片的藤蔓，这时已到平房门前，那门也是大敞着的，跨步进去，就在脚前脚后掠过那道门槛之际，有依稀熟悉的声音从里屋传了出来，侧耳辨听，却是姚省长秘书在讲话。

听那秘书发急道：“借用民间俗语来说，都是一娘同胞所生，只因硬分了亲疏，所以萌生了公论，您不从中推波助澜便是放他一马了，干吗……”又发狠道：“这封信，我宁死也是不起草的。”听姚省长严厉驳斥说：“你既不守纪律，我自己亲笔写好了。”

不敢再往下听，觉得无论进退都是尴尬，轻轻在喉咙里清了一声痒，里屋察觉了，出来看是何碧秋，连忙请进去说话。

免不了解释几句，抓紧转到山林纠纷上，说：“您有大事，就不当面详说了，材料急也不算急，但等您抽空——是早是晚，只盼明确批示判个谁是谁非吧。”

捉脚不住说完，赶紧告辞。

第二天上午登楼观望，看见一层主会场省人大代表头颅攒动坐立不定，又听叽叽喳喳各种悄然私语，再见每人捏住一张白纸黑字反复翻看，几种动静汇在一块，犹如风动大浪一般，在整座会议大厅里晃荡个不停。心里有些纳闷，正不知出了什么事情。那何玉瑶忍不住，借上厕所下去探问，顷刻返身上楼，却见她满面颜色，愤然道：“万万不能想的，就是这种意外！”

坐下说话。何碧秋问：“到底怎么啦？”何玉瑶说：“姚省长写了一封信，正式宣布不当人选了。”又说：“信是他本人亲笔书写的，还复印到各位代表人手一份呢。”

再行投票，只剩一个候选人，属等额选举，那副书记的票多多少少涨将上来，虽说数字偏低略略有失脸面，毕竟超过了半数。

公开宣布计票结果，正式当选了。

六

散会转道县城，跟吴秘书长见了面，自然要打探会议详情，将所知道的都说给他听了一遍，免不了感叹一番姚省长，说：“就连原先不举他手的也改了口，用‘大局为先’‘急流退让’‘高风亮节’等等一长串褒扬词汇真诚赞颂呢！”

闲话说得差不多了，才转到山林纠纷话题，说：“向姚省长当面汇报过大致脉络，递交了详细材料，也得到过承诺，说无论如何会给回音的。”吴秘书长说：“材料已经转下来了。”何碧秋惊讶道：“都说姚省长有些性格，却不承想雷厉风行如此快捷——不知态度怎样呢？”吴秘书长说：“作了明确批示，还判断了是非。”何碧秋问：“他说谁是谁非呢？”吴秘书长说：“当然站在你们一边了。”

何碧秋听了，掩抑不住欣喜道：“既是这样，万事全凭你纵横捭阖了！”吴秘书长将嘴巴张了两下，又合拢起来，再想了一想，跟何碧秋协商道：“依我的主意，先打个顿号，收收叠叠束之高阁，暂时放一放吧。”

何碧秋听了，满面疑讶，争了几句，拿眼看吴秘书长，见他脸上没有半点通融余地，由不得发急道：“这桩纠纷折腾了八九近十年，争吵打骂告判一应俱全，只因挟裹一个要害环节，你存心想办却有能无力，那省政协常委又磨盘轻了压不住阵——好不容易请到姚省长这柄尚方宝剑，不但万事齐备，连东风都借到手浩荡吹响了——干吗要放一放？”

说到这里，吴秘书长摆手打断话头道：“我手边正有两件急事，你不要离开，稍等片刻，再详细说吧。”

片刻回屋，吴秘书长提醒道：“你回想省人代会选举气氛，就明白不该即办的。”何碧秋不以为然道：“我在会上亲身经历，都说是姚省长主动避退让贤，并没有异样呀。”吴秘书长笑道：“光天化日之下当然是这种话，可在那阴暗角落里，会怎样讲呢？”又说：“两个人竞选同一个位置，这是不争的事实，何况他二人还真枪实弹较量了第一轮未分出输赢来，更确凿无疑难以抹杀了！”

再替她剖析道：“最怕的是小人乘机拨弄作祟，如果包藏祸心生吞活剥臆造出势不两立的两个阵营来，竟将这桩山林纠纷连同你我强行牵连在谁谁谁的线上，再有人居心叵测自说自话挂靠到谁谁谁的队伍里，正手布云，反手作雨，编织出一面天罗地网来，其结果必然是欲速不达事与愿违了！”

听他说得振振有词，何碧秋反问道：“照这样讲，姚省长的批示岂不等于废纸一张了？”吴秘书长正色道：“谁说是废纸了——姚省长仍然是常务副省长，还兼了省委副书记，相比山林纠纷中的要害环节，正是一顶铁帽子——若论他的批示，不啻金口玉言呢！”何碧秋不解道：“那你刚才说话又怎么理解呢？”吴秘书长解释说：“我说不即刻办，并不是不能办，而是要等到事过境迁以后，热点凉透下来，公众的注意力转移到别处了，到那时候，是可以办，也应该办的。”

何碧秋想了想，不免疑问道：“那省长当选一届五年，这次是半途补选，也有整三个年头，岂不是遥遥无期了？”吴秘书长笑道：“不用这么长的——姚省长跟新任省长虽有芥蒂，但毕竟同在政府大楼办公，双方必须携手合作，总有磨合和谐的一天，到那时任凭怎么做，都是十分安全的了。”

何碧秋咨询道：“他俩携手和谐的时间，大约是多少呢？”吴秘书长斟酌道：“这个说不定的，可长可短。”何碧秋追问道：“这长又是怎样的长，短又是怎样的短呢？”吴秘书长笑道：“总归长不到省长半届任满，短也不至于今明后天吧。”

屈指计算了一回，问：“我去北京开会之前，可不可以来问消息呢？”吴秘书长也用指头盘算一番，说：“之间一月有余，想是差不多了吧。”

回到村里，那村长和村委一班人少不得唏嘘惆怅几句，说：“也只好如此了。”

到家夫妻闲话，告诉丈夫万善庆说：“姚省长批示不比代表联名议案，还是管用的，只因时辰不对，须得避过风头，再去执行。”将吴秘书长剖析理由转述了一遍。看他脸上颜色，便说：“有什么话，想讲就讲呀！”万善庆笑道：“省长与平头百姓之间固然相差十万八千里，可自你当了人大代表，一本《代表法》早被我翻烂无数遍，说都是最高国家权力机关组成人员，并肩平坐的，怎么你各处奔波耗尽唾沫，还不如他姚省长一个批示呢？”何碧秋拿眼瞅道：“明知是伤口，反往上面撒一把盐——你是要损我呢，还是想拿我开会？”万善庆急忙解释说：“我的本意是，只因你人在王桥村属当事者一方，又冲撞着本土官员，说话不作数是能理解的，可你在北京开会提交的议案上共有三十一人联名，减你一个还有三十个，这三十位全国人大代表叠加在一块，竟不抵一个省长的分量？难道其中没有一两个权势人物？”何碧秋说：“要是有，此刻我俩还说嘴打嘴？”

告诉他说：“提联名议案并不如你想象那般吃豆腐牙快不费吹灰之力的——我最初逐个房间去找，但凡是当领导的，要么不在屋里，要么有事在谈，要么刚说了开头就有人来请示工作——最终还是何玉瑶的经验，趁全团讨论会将稿子顺座位传过去，转一圈返回来，虽然大多是基层代表，签名数额倒足足有余了。”

又总结说：“教训也是有的：若当初直接盯牢姚省长，恳请他在材料上确凿批一批，犹如将一条回环路削弯取直，就不会白兜圈子浪费时间错过机遇，早不是眼下局面了！”

挨到赴北京开会，先奔县城政府大楼，吴秘书长说：“事情不好办了。”何碧秋惊疑道：“为什么呢？”吴秘书长说：“问题出在姚省长批示上。”何碧秋不解道：“你不是说，姚省长明确判断了是非，而且站在我们一边的吗？”吴秘书长说：“我不是说批示内容，是这个批示没有效力了。”何碧秋质问道：“记得你上次说话，跟此刻截然相反呢。”吴秘书长反问道：“我原话是怎样讲的呢？”何碧秋说：“你说：姚省长仍然是常务副省长，还兼省委副书记，是一顶铁帽子，不啻金口玉言——也不过一月有余而已，总不至于红口白牙自说自话忘了吧？”

吴秘书长瞅她一眼道：“想必你是不知道姚省长刚离开本省啰？”何碧秋说：“电视新闻里公开宣布过的，怎么会不知道？”吴秘书长咕哝道：“这就奇怪了。”何碧秋说：“我更奇怪呢——姚省长又不是搞腐败被揭露下台坐牢失势了，他是调到外省当正省长，级别上了一个台阶，冠冕堂皇属于提拔重用，仍然在中国大陆，仍然是执政地位，怎么反而被轻视呢？”

吴秘书长张嘴又闭，想了一想，绕一个弯子说：“我举一个例子吧。譬如你们王桥村有一件事，必须请村长表态，结果另一个村的村长表态了，到底顶用不顶用呢？”何碧秋回答：“他咸吃萝卜淡操心，张家多管李家的事，当然是不顶用的。”

答完这句，心里有些领悟到了，询问道：“琢磨你的意思，应该改找现任省领导批一批吧？”吴秘书长摇头道：“难处就在这里——不论找到谁，知道常务副省长兼省委副书记批示过都不起作用，还愿意搅这种事？”何碧秋惊叹道：“照你这说，该不是不办了吧？”吴秘书长说：“这桩纠纷拖了这么多年，牵涉面这么大，而且是非曲直混淆颠倒，肯定是要办的，只是怎么个办法了。”

为她出一个主意道：“解铃终须系铃人，一客不烦二主，事情还在姚省长身上。”具体说了一遍。何碧秋疑问道：“他二人争当省长本就心存芥蒂，加上人走茶凉的道理，姚省长回头找他，岂不是自讨没趣？”吴秘书长说：“有句话叫作‘政治上没有永远的敌人和朋友’，虽然是西方格言，东方也有当作参照系数的——姚省长一旦出面，他不但乐意承接下来，而且会当作大事认真办呢。”

到了北京，照例跟何玉瑶同屋，说起找姚省长的事，何玉瑶说：“只须打听一下，若是两省代表团驻地在一起呢，就方便了；若是不在一起，也不要紧的。”

忽然看见何玉瑶身上衣裳异样，拿眼再看，只见胸前多了一枚徽章，说：“原来你当了法官！”又开玩笑道：“若是早八九近十年，又假如是你审案的话，想必是判给我们王桥村的了！”何玉瑶忸怩道：“是区法院，管不到你们，何况在办公室，并不是正式法官。”

详细告诉她听道：“单位是大前年垮的，因我十六岁上一线，迄今共连届五次全国劳模，依据政策要给出路，开初没有经验躺在树下拣果子吃静等安排，却是你推他赖，整整三年都没能落实好。”又说：“幸好去年结识了你，从山林纠纷上受到启发，最近抓住一个机遇化繁为简，直接找有实权的领导亲笔签了字，不过三下五除二，拍板定案转换成铁饭碗了。”

打了几个电话，得知姚省长驻地在北三环，何碧秋发愁道：“一来二去得穿城而过，全国人代会不让请假，怎么得了？”何玉瑶安慰道：“今年不比往常，宽松得很呢。”何碧秋问：“怎么说呢？”何玉瑶告诉她道：“每逢各届最后一次会议，一来没有人事选举任务，二来又有许多我这类下届不能连任的代表，或要抽空走亲访友，或想再浏览一眼首都风光景物……上面也都讲究情理，所以不但中途会多放一天假，平时若是碰上不重要的小组讨论，组长都有权准假放行的。”

何碧秋放心点头，又不同意她其中一句话道：“你已经连续三届，说不定还有第四届呢。”何玉瑶摇头道：“我是一线代表，眼下转换了岗位，绝无可能的。”又说：“你的情况不同，不但下届必定连任——其中有个细节——怕是你不愿意，也由不得自己呢！”

说着，来人打断了。

开了八九天会，果然松动下来。何玉瑶跟何碧秋咬耳朵说：“有一辆小轿车，请你去密云水库吃鱼头呢。”何碧秋问：“谁呀？”何玉瑶说：“就是上次代表集中视察临时当领队的那位省政协常委。”何碧秋不解道：“干吗这样做呢？”何玉瑶说：“说是有事，依我看他是一届代表到头了，又因上次误会，借个形式跟你转圜告别吧。”何碧秋疑问道：“怎见得他不连任了？”何玉瑶回答说：“他是六七望八的人，民主党派年龄宽一点，也是七上八下，明年换届肯定没有他份的。”劝说道：“所谓‘同船过渡十世修’，何况一起当全国人大代表？其实上次也并不能全怪他呢！”

说了几句，又说：“返城时是堵车高峰，须从北三环绕行，正好找姚省长。”何碧秋犹豫道：“像是我在利用他呢。”何玉瑶说：“这桩山林纠纷属于王桥村，跟你个人既相干也不相干，严格起来算是大众的公事，谈不到‘利用’这个俗词的。”

听见这话，答应下来。

天亮上车，二三小时到达，登上预定的袖珍游艇，直奔水库中央。这时太阳已经升在空中，又逢天色晴好，但见耀眼金光铺洒在镜片般的水面上，将冬日里漾出一团融融暖意。放开心情拿眼四看，嘴里说："有水有山，倒想起我们王桥了。"那政协常委插进话头，抱歉了几句，何碧秋谅解道："并不能怪你的。"就此转换语气，引开话头说："水库大体没有差别，若论一座女山，就绝不是眼前这些光峰秃岭所能比的了！"

历数了一通女山的丰硕出产，抱怨道："只因这桩纠纷，王桥村与林场针锋对立，眼睁睁地烂在坡上，几近暴殄天物了。"

中午吃过鱼头，稍息便往回返，找到北三环姚省长驻地，不承想工作人员坚决阻拦，吵了一通，又请他叫姚省长秘书出来，却不是原先熟识的那一位，竟也是公事公办一问三不知，只得无奈离开了。

何碧秋晚上单独出去转了一圈，回屋听见何玉瑶跟人说话，却是政协常委的声音。听他发急说："白天没插上嘴，此刻她心情又不好，可这件事却是非办不行的！"

进门询问，却见对方拿出一个日记本来请她签名。何碧秋惊愣道：“怕是弄错对象了吧？”急忙解说一番，原来是政协常委最疼爱的外孙女让签的。政协常委说：“这隔代亲难以言表——也怪我多嘴，说秋菊也是人大代表，结果她翻看名册不符，揪牢我不放了——还有类似的三五个问题，必须要你亲口解答，回去等汇报呢！”

先让解答名字。何玉瑶一边笑道：“她回答过无数遍，嘴皮怕也磨薄了，我替她说了吧——连电影原也不是这个名字，叫《碧秋打官司》，只因这两个字……”到这里，嘴里忽然硌着了，脸红起来。何碧秋解围道：“都是成年人，我自己说吧。”对政协常委说：“听口音你是陕西人，只须把‘碧秋’两个字分开，用家乡腔调单独念一念，就明白了。”政协常委低头咕哝两声，恍然道：“原来如此，也怪不得的！”

又问“讨个说法”，说：“这鬼精灵年前回了趟老家，回来逼问我当地为啥没有这句话呢。”何碧秋回答说：“这是我们老百姓挂在嘴边上的一句土语——电影原本打算在王桥拍摄的，只因当年洪水冲了地貌，改用陕西做场地，这句话便误会成你们家乡背景了。”

又解答了若干细枝末节，包括她丈夫万善庆改作“万庆来”、村长王长柱改作“王善堂”等等，政协常委心满意足地走了。

才要洗漱，见他又返回来了，说有话忘说了。告诉她俩道：“我打电话辗转问过熟人，其实姚省长当时在驻地呢。”何碧秋不信道：“他为人并不是这样的。”政协常委说：“姚省长并不知道你去找，下面坚决挡驾，也是发生了一件蹊跷事，情有可原的。”

详说事件经过道：“姚省长调任新职后，依例联系一个县作绿化点，有忌恨姚省长占位置的人便设陷阱分派他去了一个地方，却是一个年轻的女县长。省长下来，依例是县长接待，两个人去山头上走了一趟，谣言由此而生，不但省委省府两幢楼，连出租司机都公然街谈巷议了——遭逢这一劫，但凡年轻女性来找，不仅姚省长，底下人也是百倍警惕的——今天碰上你俩年龄相貌，要想见面当然难似上青天了。”

晚上翻来覆去，何玉瑶劝道：“也不要太担心，即使这届不行，还有下届，总有机会的。”何碧秋说：“凭什么说我下届连任呢？”何玉瑶笑问道：“知道这次为什么中途增补你吗？”何碧秋反问道：“想必就是你说的那个细节吧？”何玉瑶点头说道：

“全国人大代表按人口比例确定到各省，省里将名额下分到市里，连同差额一般每市五到六人，履行过必要程序，再经省人代会正式投票确定——前三届选举，我们市一届不是一届，到了本届，竟有三人差额落马——年前中央让增补一名代表，依例两人候选，省直和市里各一人，不承想那全额当选的市竟然贪心不足也来争这个候选人，我们市一是脸面，二是恼火了，决心找个铁腕人物拼一拼——就是你了——你想，下届人选哪怕从全天下人里挑拣，也不会漏了你的！”

往下说了些法院内幕资料，来分散她心思。听她仍然咕哝不停道：“不怕一万就怕万一，无论如何也不能等下届的！”折腾到后半夜，不肯将息。

忽然想出一个主意来，告诉何玉瑶说：“明天找姚省长，我俩干脆躲在车里，就请这位政协常委出面，遮过耳目先接上头，再进屋详说不迟。”

大早起来动身，看见有通知宣布上午有重要任务，一律不得请假外出。政协常委摆手催促说：“不必理睬，快走吧。”

上车详说道：“原定人民大会堂有个活动，先前说衔接不上取消了，刚刚又说衔接上了，却排在末位，差不多十一点半往下的事了，时间绰绰有余，我们去了速战速决，来得及的。”又告诉她俩说：“你们还不知道呢，我绕弯子托熟人打听，消息反馈回来说，姚省长今天就要返省，一说是中午的飞机，一说是傍晚的飞机，而且不一定再回来开完会呢。”

加速前驶，一边说话。政协常委介绍说：“这人民大会堂的活动，都是不止一次经历过的，不外几项内容，这第一种可能，是境外记者旁听讨论，无非……”说到这里，手机响了，是代表团打来的，争辩了几句，何玉瑶手机也响了，还是团里来的，也争辩了几句，转交给何碧秋。争辩几句，那边不听，坚决让他们立即返回驻地。

见面打听，工作人员说：“主要是想问一问，有没有重要话题。”何碧秋听了，气不打一处来，冷笑道：“把人从半道上风急火燎拽将回来，竟为这个——我倒想请教，哪些为重要，哪些为不重要呢……”话未说完，那工作人员看气氛不对，找借口溜走了。

宣泄一通，回屋觉得好了一些。何玉瑶劝道：“这是例行公事，每次活动都要这样征集一番的，又担心人走散了一时半刻回不来，也不能怪他。”

接着政协常委刚才话题介绍说："但凡每次去人民大会堂，无论是境外记者旁听讨论还是中央领导参与讨论，议程差别都不是太大，大致先由省领导作一个省情汇报，再请三两个敲定的代表发言，最后或总结讲话或首长指示。"何碧秋疑问道："代表发言事先敲定人选，岂不像在演戏？"何玉瑶道："我最初也是这种疑团，经人解拆，慢慢明白了。"

转述给她听道："同样是代表，有那会讲的，也有那不会讲的。那会讲的三言两语提纲挈领句句要害；那不会讲的颠三倒四云山雾水字字惘然。这是第一点。这第二点便是身份，法官不宜讲耕种，农民不懂讲教育——甚至教育也分层次：涉及高教不能由小学老师来讲；涉及普教也不能由大学教授来讲；诸如此类。"

又说破何碧秋心思道："最重要的是第三点，既是这种场合，又有时间限制，自然不能漫无边际随心所欲信口开河，张嘴话题必须是热点焦点重点——至于不关国计民生的个案，只能另当别论了。"

提前到达等候，十二点将近，不见动静。喊喊嚓嚓起来，听见有声音说："刚刚弄清楚：不是境外记者，是中央领导。"

又听猜测道："到底是谁来呢？"有人回答说："几个常委位居中间的都来过了，只剩一头一尾，想必是其中一个吧。"又问道："到底是头还是尾呢？"有一声迟疑道："或许是头吧。"另有两声反驳道："倒可能是尾呢。"

说着人已来了——先听见一片震耳掌声，扭转颈脖来看，见一群人团团簇拥着一个，转过屏风而来——一边走，一边抱拳，间隔也鼓一两次掌——很快到前方正中位置坐下了。

何碧秋这才定眼细看清楚：竟是那前一声猜对了。

掌声几回涨落，停住，转入既定议程。就由代表团团长汇报省情，刚刚念罢开场白，忽见坐在正中的领导将手摆摆，听他说道："今天时间紧促，就免掉这个俗套，直奔主题，请代表讲一讲吧。"

话音未落，听见一声高问道："我有话想讲，不知能是不能？"

正不知谁有这样的腔调，也不知谁会这么讲话，更不知谁生这种胆量。拿眼看去，只见满大厅都在寻找声音源头——那前面的几排直往后看，扭转头来，那后面几排也直往前看，转头再看，身边两旁的眼睛也是全朝着这里，耳边听见何玉瑶低声提醒道："还看呢，不正是你自己！"

何碧秋这才明白自己脱口而出了，但见无数道目光齐刷刷地扫射过来，既像是催逼又像是纵容——到这地步再没有退路，不能不说了。鼓足勇气才说了一句，被团长摆手拦住，原来是为她介绍。说了几句，领导恍然道："原来是秋菊同志，请讲吧。"

抖擞精神就从女山讲起，也不过八九分钟，将"一女二嫁"纠纷缘由并争吵打骂告判过程说了个大致框架，那领导听了，插问道："既是不肯认错，又挟裹一个要害环节，自然要'讨个说法'——你说一审二审都败了，县政府又从此撒手不管了，什么理由呢？"

何碧秋正要回答，手中忽然多了一张纸条，拿眼迅疾一扫，是政协常委写的，只有一行字："刚收到手机短信姚省长中午飞走了"，打了一个愣怔，却听见何玉瑶在耳边悄声说道："反面还有呢。"

将纸条翻转过来，写着八个大字："天机难遇，把话说透。"

觉得正中胸怀，又觉得瞬间胆气飙升——本来就不知道一个怕字，此刻更是无怕可怕了——如实陈述往下回答说："一审开庭之际，县政府忽然送来一份文件，是撤销前面那个文件的，那法官便当庭改口说‘告的是这个文件，此刻文件撤销不复存在了，只能驳回的’，判我们败了；上诉二审，说‘告的确凿是这个文件，文件又确凿是撤销不复存在了，也只能驳回的’，还是败了；返转找县政府，答复说‘两审都判了败诉，说明错在你们，我们是对的呀’——反反复复推磨转圈，弄得我们上不能登天，下不能入地，悬浮在半空中两头没有着落——大家只可惜白眼相看一座能刨金剜银的女山，追根溯源，觉得祸害出自县政府协调会议，便詈骂道：‘什么开会？竟是拿老百姓开会呢！’”

收煞话头，整座大厅顿时异样静住，恰如都在屏气定息听一滴山泉穿越绝壁孤峰直跌万仞谷底——却见无数双眼睛艰难调整过来，转折朝向前方正中位置，那无数对耳朵也是颤然倾侧瞄准这个方向——就在这一片期待里，那领导轻轻清了一声痒，开口说话了。

听他抬腕看表道歉道：“刚才在前两个代表团多停留了半小时，耽搁了大家午饭时间，责任在我——长话短说，就讲三句话吧。”

略略拾掇一下语调，正腔说道：“第一句话：今天听了一件个案，个案无小事；第二句话：绝不拿老百姓开会；第三句话：给秋菊同志一个‘说法’。”

说罢起身，踩着如潮掌声，走了。

散会回村，人们四面八方包围过来簇拥住，衷心赞颂道：“你胆大包天告了这场御状，电视新闻一共重播了三十六次，包括中央台八次，地方台二十八次，那中央台各频道，一次不落都重复看了。”乱了一通，村长好说歹说劝众人离去，转头说话。

村长说：“中央工作组下来三天一共开了三个会，这第一个会，是你告御状隔天下午在女山脚下现场召开的……”何碧秋插断提示道：“你想必弄错了，从北京到我们王桥村，天上地下漫长路程，隔天下午怎么可能现场开会呢！”村长解释说：“听说人员是当天下午紧急抽调组建的，带晚乘飞机降落省城，也不打一个喘息，用专车连夜直接往这边送，在县城吃罢早饭，赶到王桥中午草草吃了个工作餐，再略略打完一个迷盹——这时我们双方也提前接通知准时到了——也不过是放开肚量请双方讲话，什么话都能讲，什么理都能摆，就在一时三刻之间，那该讲的该摆的都讲了摆了，工作组出面将双方拢了一拢，看看拢得差不多了，便起草了一个协调会议纪要，首先打印一式三份样稿，王桥村、林场各一份，一来看看有无争议，二来分头核查确保不再包含荒唐措词，那工作组也留一份自查，往下三方统一，即时印发成正式红头文件，竟将一桩折腾八九近十年的纠纷，弄得无限妥帖了。”

何碧秋听了惊讶道：“这是真正想不到的——”村长插道：“这才是第一个会，第二个会与第三个会，还有传说将要召开的第四第五个会，怕你也是想不到的呢。”

详说第二个会道：“会议主题是三个字，叫作‘问责制’，用老百姓的话讲，就是‘谁捅纰漏谁缝补，谁作孽恶谁遭殃’，将这桩山林纠纷中一应牵涉官员，包括最为要害的那个权势人物，宣布停职反省了。”

不等何碧秋感叹出声，再说第三个会道：“第三个会属于临时起意，虽不在事先计划，却是形势追逼非开不可的。起因出自那个权势人物停职反省，消息传开，瞬息之间局面不可收拾了：既有被他打击迫害冤屈过的仇家要申诉昭雪，也有受他私利恩惠庇护的小人要洗涤开脱，更有跟他结帮成派同伙的死党要落井下石——所谓传统一句话，叫作‘墙倒众人推，破鼓一起擂’——不但将他百般丑化成一副肮脏嘴脸，甚至还涉及政治经济生活要害大节，并提供了若干蛛丝马迹，再初步落实两笔十万百万钱款，便是苍天也包容不得他，不得不开了一个会，宣布对他‘双规’了。”

议论了几句传说中的第四第五个会，何碧秋转过话题，问及山林具体确权事项，村长回答说：“都是现存事，不用担心的，这走完程序大约一个月，届时去取罢了。”

一月到期取回山林确权证，拿给何碧秋看了，村长又说：“吴县长捎话问你好呢。”见她脸上疑惑，解释说：“就是原先的吴秘书长。”何碧秋惊讶道：“他当了县长了？这次倒是提拔得快呢。”村长说：“因他支持工作组态度坚决有功，不久便召开县人大常委会议升他当了副县长，随后问责制上上下下或轻或重都有牵连，只剩他一个外地调来的不担干系，改任常务副县长主持政府工作，前些时县委那边有了变动，现在由他以常务副书记兼常务副县长身份，两边都做主呢。”

提到传说中的会议，说：“对第四个会议时间众说不一，有说立马就要开的，也有说可能要拖很久的，理由是案情极其错综复杂，彻底查清怕要岁尾年初了呢。”

何碧秋截住话头道：“也别管他人闲事，还是操心我们自己，将一座女山盘整好，打造成沈万三的聚宝盆，我们就不是往昔的王桥了。”

将全身心集聚在这个目标上，也不过用了大半年时间，不但整治好女山上的自家地盘，就连平田里的庄稼，也不是先前景象。过罢新年，看看地气一点一点缓升起来，何碧秋下到田头，远看女山浓妆待嫁，近看旺麦拔节起身，再看头顶一颗太阳更加好了，拿眼转看周围，却见男女老少分布四野之中，隐约显现。看了一回，心绪散漫开去，又逐渐聚拢回来，在心胸里慢慢凝结在了一起。

一个人远近而来，却是村长，告诉她说：“传说成真，第四个会是昨天开的：最后查实数字是千万，宣布正式逮捕——这第五个会必是法庭审判，想他一条性命能否保得住，也未可知呢！”

叹说几句，村长看她手里活计，劝说道：“看电视报纸公布，全国人大会议就在这一两天，说走就走要上北京的，你怎么还在地里忙碌啊？”何碧秋更正道：“这是新一届代表，不一定有我呢。”村长反驳说：“都告过通天御状了，谁有胆子敢怠慢你——说不定跟上次一样，一辆轿车此刻正在路上朝这边赶，专程接你前往呢！”

说笑几句，走了。

忙活一阵，丈夫万善庆到地里来了，看他脸上色彩，催促道："有什么话，直接讲呀。"万善庆支吾说："天不早了，连午间新闻都播过了。"何碧秋拿眼瞅着等他，万善庆推挨不过，只好说："午间新闻刚才播报说，到今天上午十时止，新一届全国人大代表一个不落齐集北京了。"

听他这话，胸口原先凝结着的东西仿佛被灵丹妙药化解了一般，瞬间消散得无影无踪了。心中无碍，便是整个身子也犹如卸脱千斤重担，变得无比轻松起来，嘴里说："也好，就让他们开会吧。"

说罢，将手上拾掇拾掇，一道回家。

第三部

秋菊打假

一

太阳更加好起来了。那个人越走越近。我将手上拾掇拾掇。我男人万善庆在身后嘀咕起来。万善庆说碧秋啊，他瞄准我俩笔直走过来啦。这家伙细皮白肉却戴顶破草帽穿身旧衣烂裳像找魂似的在村里转悠三天了，我猜测他要么是暗访的官员要么是采访的记者要么是拐带人口的贩子要么是踩点的窃贼要么是得了忘病摸不着家门的乞讨汉，你都一口否定。现在他顺着田埂直奔我俩到了跟前啦。

我咳一声，万善庆闭住嘴巴。那个人抵在了当面，说，嗨，你好秋菊。

阳光穿过草帽破洞用晃眼的亮斑将那个人的脸涂抹得神秘模糊。那个人转个方向将太阳背在身后，阳光仍然直射草帽缝隙用耀眼光斑将他那张脸挡得云遮雾罩。那个人摘下草帽，阳光顺着他头顶斜扫而过，我看清了浓密黑发下方细嫩白皙的五官。那个人抬眼朝我直视而来，就像我身后没有站着我男人万善庆，就像是蓝天白云之下只戗着我孤零零一个人。他直盯我双眼，说他是方腾霄。方是方向的方，也就是比我男人万善庆的万多一点的那个方，腾云驾雾的腾，直上云霄的霄。

我问方腾霄找谁。方腾霄说，找你秋菊啊。我说我不叫秋菊。方腾霄说你当然叫秋菊。我说我姓何，全名叫何碧秋。方腾霄笑了起来，他说你不叫秋菊还有谁叫秋菊呢？

他说，全世界都叫你秋菊啊。

方腾霄把目光斜拨到万善庆脸上，好像刚看见我身后还站着一个男人。我听到了万善庆激昂的声息，不用掉头我就明白自己男人肯定一变平时的蔫样亢奋得双眼闪烁。万善庆喘息说，听见吧，人家叫你秋菊还说全世界都叫你秋菊呢。我咳一声，万善庆闭紧嘴巴止住急息。我问方腾霄有什么事。方腾霄举手一指四周沐浴着太阳光辉唰唰成长的油菜，说无事不登三宝殿当然有事而且是大事。

方腾霄简略说完我就揣摩他脑子有病。他说的大事简直小到不能再小就像一根草就像一阵拂面微风踪迹难留。我问方腾霄，我俩素昧平生八竿子打不着，为这么一桩细枝末节，任他红口白牙说得天花乱坠，凭谁就让我单人匹马跟他出门上路满世界折腾？方腾霄说你是秋菊啊，当然，还有就凭……

他舌头一个翻滚。我以为他又重复搬弄“你是秋菊”，不是，他说凭他表哥。

方腾霄说，真的，你总有一天会明白的，凭我表哥。

方腾霄说起他表哥如同手捧香火跪对佛龛喃喃祷告神情无限庄严肃穆。往下他用足够薅拔两墒油菜地的时间，像信徒颂诵圣灵那般来讲述他的表哥。他说完了，我心弦咣当一响，想起了离世久远的外婆。

二

当晚我男人万善庆擦洗身子之前，我打定主意跟方腾霄走。

万善庆一听就像被抽了筋骨似的蔫了，回到了从娶我进门到满世界叫我秋菊之前那段时间他当男人的状态。那时，他床上床下桌前地里人前背后都是一副蔫样。后来被村长往他裤裆里踢了一脚他更蔫得一蹶不振。再后来，我成了秋菊，他平地升天从一只病猫变作一头猛虎，而且是一只眠冬的病猫变作一头开春的猛虎。尤其是别人喊我秋菊或者我听任他压着我放肆大叫秋菊的时候。

我男人万善庆蔫声嘀咕说碧秋啊，我们总共买了十五六斤油菜假种子而且下苗后及时铲除拢共损失不过三五十块钱，为这点芝麻绿豆有必要出去折腾还听他说得那样冠冕堂皇叫什么来着?

我说：打假。

万善庆说这个方腾霄凭谁让你孤家寡人跟他一个陌生人出去折腾呀?

我说你听见了，他说我叫秋菊。

我男人万善庆嘻嘻笑起来像是被抽掉的全身筋骨立马回归原位还加注了壮药，万善庆嘻嘻笑着说我是听见了他叫你秋菊还说全世界都叫你秋菊，万善庆急促喘息的眼光如同铆力发狠的利箭往我脸上一射再射开房门落在床上又转头回来重新向我一镖，他亢奋激昂嚷说他得洗一洗随即整个人也化作一支利箭急射而去。

我听着冲刷我男人身体的哗哗水声让一颗迸动的心安静。刚才我想告诉万善庆凭方腾霄的表哥，可舌头一个翻滚变作了另一个词。方腾霄说，凭我表哥。他说起他表哥就像疯子讲述自己生了锈的脑壳里的狂思妄想。他往他表哥身上像拿砖砌墙一样堆积了大量极端词语，包括摘抄一整段当代伟人评颂某个外国朋友的话说他的表哥是一个高尚的人纯粹的人有道德的人脱离了低级趣味的人有益于人民的人。

方腾霄说，最初我也认定这么丁点大根本犯不着，可表哥说服了我，一定要我干这件事。

我问方腾霄他表哥在哪儿，方腾霄说在另一个世界里。他说我表哥生活在跟我俩不同的另一个世界里可他一定要我干这件事。

他说，放心吧我敢保证总有一天，你俩会见面的。

这话让我脑子里浮现出外婆告别人世前一刻的那种永久铭心的场景。外婆一边大口咽气一边告诉亲人她就要到另一个世界去了。她劝大家释放心怀不必这样痛心疾首舍不得她。外婆说，放心吧我敢保证总有一天，我们会见面的。

外婆双眼积攒了一生的精神望穿僵死的太阳望穿凝固的空气望穿绝望的心境望穿了俗世红尘缭绕烟火，她的目光往围拢在四周的每个亲人脸上摸索了一遍，继续顽强地寻找着她最后想要找的东西，最后，外婆两眼盯定了我，两道目光瞄准我的两只眼睛逶迤而来连绵不绝，将她的灵魂连同她的超凡脱俗卓立不羁聪颖敏慧等等让所有认识她爱她恨她怕她想她的人都发自内心由衷敬佩的种种优秀品格，点点滴滴一星不落完整无缺地灌注进了我年轻的躯体。

我人生每个重要关头每个局部细节，外婆都会清晰显现。我喜怒哀乐病痛痒疼笑骂谈唱盈亏益损张扬屈辱抗争低头等等，甚至包括跟我男人万善庆在床上放纵癫狂，外婆必然凸显或者说我很大一部分身体就是外婆。从小到大耳濡目染亲历身受外婆说的每一句人生铭训时时刻刻当当敲响在耳在心在脑在肉在骨在髓。

在我男人万善庆关闭哗哗流水即将朝我冲锋的瞬间，我最后一次掂量自己的决定。这时外婆的声音慢慢回荡开来。

外婆说，秋丫头，人生一世草木一秋，不要害怕不要错过。

三

眼镜店老板娘一口咬定说，开假种子店的人有点像方腾霄。

太阳甩着尾巴将一道光线穿过店门招牌直射到像钉子一样站靠着钱柜的老板娘脸上，她拿手两次拂它不开就用掌心挡着刺眼亮光跟我俩说话。她一眼就认出我俩曾经为假种子的事分别来过这儿，她说接租这家店铺时跟开假种子店的人碰过面，那家伙模样很像方腾霄只是戴眼镜罢了。说着她随手抄起一副眼镜往昂仰脖子听她讲话的方腾霄脸上一架说，嗯像真像真正像啊。

老板娘说，你戴上眼镜差不多就是开假种子店的那家伙，越看越像。

她说，上次你来这儿我就问过自己，买假种子的跟开假种子店的怎么就像一个人形模子里脱出来的呢。

方腾霄问那我既开假种子店害人又在这该死的店里购买假种子受害你是这意思吧？老板娘鼓起腮帮咀嚼几下被自己的话噎住了，她像赶苍蝇一样拿手一拂斜射下来的阳光再次拿掌心挡住它的炫灼，然后用另一只手比画着问我们买了多少，方腾霄说我十七八斤她十五六斤。老板娘问成棵开花结籽没有。方腾霄说幸好下苗后都及时铲除啦。老板娘扳算指头瞪了一眼说，你俩最大损失不过三十五十七十八十块钱吧，就这种风吹唾沫也犯得着结帮成伙来回奔命？方腾霄说我们，老板娘说什么我们，方腾霄说她，老板娘说什么她，方腾霄说你若知道她是谁的话，老板娘说管她是谁哪怕她是天王老子王母娘娘凡事也都讲成本也都讲划不划算，你们两个活人三番五次吃住乘车花销得多少我一个局外人都清楚难道这账不会算吗？方腾霄说我们不用算账我们决定不惜代价一追到底哪怕天涯海角挖地三尺，也要把假种子源头翻找出来斩草除根，也要把那个你说模样像我的卖假种子害人的家伙绳之以法关进大牢。

方腾霄磨砺着牙齿说，至少判个八年十年。

老板娘问，就凭这点唾沫星子事就能将人绳之以法关进大牢，还想判个八年十年？

方腾霄说能，一定能。他说他敢发誓。

他舐着嘴唇说，最好十五二十年，那就是大获成功了。

老板娘说是吗，该不是你脑子生锈疯了吧。

走进宾馆房间，我突然觉得老板娘也许真说对了。我指着净洁锃亮装了两个浴盆的卫生间叫住了打算回自己房间的方腾霄，我说方腾霄你脑子生锈疯了吧敢住这种价格？方腾霄挫挫双脚搓搓两手撇撇嘴巴告诉我说，他以为我今晚想洗个热水澡。

他说，我要是你，今晚肯定把身体搁在龙头底下让热水冲它个痛快。

我关好门，承认方腾霄是对的。昨天有点不寻常，有人叫我秋菊还说全世界都叫我秋菊，我男人万善庆因此不寻常了小半宵，秋菊啊秋菊啊秋菊啊啊啊啊他直着喉咙嚷得大床地动山摇窗户阵阵颤响。我今晚在家也会洗澡，换干净衣服。我剥光身子站在哗哗热水里面任凭它肆意涤荡时，品尝到了新婚不久顶着煌煌烈日割完整墒麦田甩掉衣裤跳进僻静无人清澈见底水塘的滋味，无比的惬意让我逆转思维敲打起方腾霄的体察人心无微不至。我竭力收拢飘散在腾蒸雾气中的思维开始咬嚼这个人的点滴形状，方腾霄与众不同的笑和恼穿透缥缈气流隐约浮游在眼前，他该笑即笑笑成一朵鲜花瞬间绽放该恼即恼恼成一团怒火顷刻燃烧，不作任何铺垫和过渡。我今生今世第一次体察到一个素昧平生的人对我施加的力量，这个名叫方腾霄的人用一件实际损失三五十块钱假种子的事加一个义正词严的理由再加一句凭他的表哥，我就心甘情愿形单影孤跟他上路，打假，走他制定的路线住他付费的房间还被他窥破阴私按他建议拿热水冲洗残留癫狂放纵痕迹的身体。我想，在这种我从小到大迄今绝无仅有的时刻，外婆应该浮现了。

可是没有，外婆沉睡在另一个世界不易察觉的角落里，形迹不见，寂然无声。

四

不容我俩开口，市工商局打假科长就拿电话将楼上市质监局打假科长吆喝下来，然后异口同声将一句话像扔砖头朝方腾霄砸了过来。

两位打假科长说，嗨你这个既开假种子店又买假种子的，又来啦。

两位科长笑说这是眼镜店老板娘的话还分别演绎了她的原声，工商科长模拟你戴上眼镜差不多就是开假种子店那家伙啦，质监科长模拟买假种子的跟开假种子店的怎么就像一个人形模子里脱出来的呢。方腾霄捋着对方腔调说，没错我既害人又被害在一出戏里同时扮演黑白两道两位领导满意了吧。

两位科长收敛笑容告诉方腾霄，经工商质监联合正式立案调查，假种子店开张两月就关了，上当受骗者不多，据接租铺面的眼镜店老板娘说印象深刻的有两个，一个既像买假种子又像开假种子店的明摆着是他方腾霄，另一个农村妇女举止气质有些异样，他俩说着目光朝我一扫问我是谁。

我说姓何，全名叫何碧秋。两位科长问方腾霄是一道吗，方腾霄说是。两位科长问干吗不介绍呀，方腾霄说另找机会吧。

两位科长说好的然后劝方腾霄就此罢手，一是实际损失最多三十五十七十八十块钱轮不着倒腾到上纲上线上纪上法，二是开假种子店的那家伙突然消踪灭迹动用各种手段连个影子都摸不着就像到了另一个世界。

两位科长笑道，除非你弄副眼镜戴在脸上，然后承认你本人就是那开假种子店的。

方腾霄把笑容一收一口气说了十二个谢字。谢谢谢谢谢谢谢谢谢谢谢谢，他说谢谢两位领导为几十块钱立案谢谢为找制假者动用各种手段谢谢每次都有说有笑心情舒畅接待他，因此他得说谢谢，方腾霄说，我今天并不为假种子也不办任何事单纯为了谢谢，今天我想请一顿便饭来表达对两位领导的谢意。

两位科长摸摸耳窝请方腾霄再说一遍，方腾霄又吐出一串谢字。两位科长说你真不为办事真要请吃饭时间定了吗，方腾霄说随便中午吧，两人对望一眼说中午加班开会晚上也定了饭局但可以试着看能不能推掉。

方腾霄说那就晚上吧。

当晚工商质监两位科长走进宾馆将舌头伸出一点点，走进包厢又伸出一点点，点菜完毕他俩舌头伸得差不多了，等方腾霄一声开吧红色酒液往杯子里冲溅出朵朵花沫时，两位科长舌根毕露。他俩缩回舌头举杯一嗅一舐哼哼唧唧欢送着美酒深达胃底化作一片啧啧赞叹，说自己在这种要害位置上吃啊喝啊哪怕天上人间什么场面没见过，可论今天还是得数第一。

方腾霄说，还有不一样的呢，今天有位特殊客人。

两位科长攥抓酒杯拿眼瞄往门外问什么时候来，方腾霄说来了呀。两位科长收回目光往屋里扫荡两遍问哪里，方腾霄指我说这里。两位科长瞅瞅我说就她呀上午早见过啦，方腾霄说还没说是谁呢，两位科长说她报过姓名啦这位农村大姐你叫什么来着？

我说姓何，全名叫何碧秋。

方腾霄说，她是秋菊。

两位科长咕噜一响又让一杯红色酒液降落胃底，他俩说大姐你两个名字呀一个大名一个小名吧，两人再次咕噜空了一杯酒突然说喂喂喂你刚才说她是谁？

方腾霄说，她是秋菊。

两位科长问，你叫她秋菊？

方腾霄说，全世界都叫她秋菊。

两人捏在手中的酒杯第一次满载着重新返回到桌面上。他俩目光变成两柄炯炯闪烁的手术刀像是朝我开肠剖肚说不会吧那是一个国际大明星叫什么来着巩俐呀你别吓唬人好不好。方腾霄说没有吓唬谁，他告诉两位科长国际明星巩俐扮演的那个打官司的农村妇女就是我。

两位科长说，是吗你没弄错吧。

方腾霄说没错，她就是秋菊。

两位科长脸上寒风凛冽的手术刀瞬间还原成了温暖柔软的目光又变作了两把铁锹，两人挥锹往自家脑壳里拼命挖掘着关于我的东西。他俩先问我住在安徽地界干吗到此地买种子，我说我们王桥村两省交界往本省隔一座水库往邻省隔一座女山，只因女山修通了路大家抄近道于是跨过省界来这边了。接着，两位科长把从头脑里翻挖出来有关我的一切统统捧在掌心奉献过来，说我当年因村长往我男人裤裆里踹了一脚不屈不挠打官司不但首开当代民告官先例还整弄出“讨个说法”这个风靡天下的社会流行词，说我当全国人大代表去北京开会为一座女山在人民大会堂告状不但划清山林权属还折腾得若干高官中箭落马身败名裂，说我……等把该说能说的都说得差不多的时候，两位科长摇晃着两颗倾倒干净成一片空白的脑壳张口咬定我必然有事而且是大事保不定是十分重大的事恳请我不妨直抒胸臆明讲出来。

两位科长说讲吧，我俩发誓一定竭尽全力哪怕赴汤蹈火也在所不惜。

我拿手指了指方腾霄。

我说，好啦方腾霄该你啦说吧。

方腾霄满脸忸怩。我说好啦方腾霄，你戴顶破草帽穿身旧衣烂裳转悠三天用唾沫小事堂皇理由神秘表哥哄我跟你一个陌生人单身上路住这种豪华宾馆吃这种铺张饭菜，这一瓶马身人头洋酒足够我们王桥村活半年还绰绰有余，你煞费苦心绞尽脑汁此刻瓜熟蒂落啦，要是一间黑屋子你该捅破窗户纸，要是一台大戏你该拉开帷幕正式登台表演啦，我说，方腾霄你就虚心学学我们农村人竹筒倒豆子呼嚓一响把你五脏六腑全说出来吧。

那张脸像被扔在急风暴雨厉电迅雷底下被噼啪狂扇耳光，红了白白了黄黄了青，再青黄白红又红白黄青，最后方腾霄承认确实有事而且是大事十分重大的事，他说这件事与假种子有牵连可假种子是表象是苗头是蛛丝马迹。

方腾霄比喻说，假种子不过是冰山一角。

五

第二天上午我们在光天化日之下动手，工商质监公安三家队伍连同媒体摄像在高速收费站口集结待命，我、方腾霄、工商质监两位科长合乘一辆私家帕萨特先行踩点。太阳越来越好帕萨特越走越快甩下高速丢开省道钻进群山缝隙转弯抹角最后在紧傍山崖的一条砂石路上掉头停住，方腾霄架起手指嘘声朝铺满灿烂阳光的山窝一戳，说就是那儿。

他说我敢保证，你们会目瞪口呆的。

方腾霄话音穿越耀眼金辉徐徐降落这一瞬间，山窝上沿一蓬枝叶突然摇荡而开露出了一颗饱含风吹日晒的脑袋，随后中沿下沿以及周边都有树影晃撞，整个山窝总共升探出八颗脑袋，紧听一声唿哨那八颗脑袋一跃而起成了八条悍汉犹如被人牵线拽动的傀儡手持大棒疯狂跳叫着朝这边包抄过来。

两位科长朝对方吆喝话没说完就被凌空劈下的大棒逼着跳回车内，帕萨特犹如疯兽急促启动以最大挡门往前一蹿闪过了最前面那条大汉龇牙咧嘴迎头一棒，随即一路狂奔将挥舞木棒紧追不舍的八条大汉甩成了八个小点。

在省道拐弯处我们再度遭到袭击，一辆经过怪异伪装狂飙的车像老鹰俯空扑抓小鸡拦腰冲撞而来，帕萨特不断加速奔窜直至增援队伍呼啸而来才算逃离险境。

工商科长说反啦，真他妈的反啦。

质监科长说他妈的反啦，真反啦。

两位科长朝义愤填膺的全体接应人马举手一挥说走我们杀回马枪，打他个措手不及。

打假队伍一路拉响警报就像乌云遮蔽大地就像蝗群荡噬禾田朝太阳照耀下的山窝蜂拥而上践踏出一地斑斓。方腾霄站在刚才第一个悍汉露出脑袋的地方高喊一声，队伍顺着他指引的山道攀爬而上，在一丛蓬勃檀枝后面找到了那个被茂盛杂草掩映着的巨大石窟。

方腾霄说对了，我和工商质监两位科长还有整个打假队伍，全部目瞪口呆。

装得下整幢五楼的石窟通风干燥俨然天然仓库从上到下密密实实整齐码放着印着精致外文字母的纸盒，几个懂外文的当场试着翻译了一下，工商质监两位科长分别往回打电话作了验证，结论完全一致这是享誉全球DAA跨国集团的一种药品包装盒。

两位科长说这是该集团的第一号金牌，是价格最昂贵市场最畅销的拳头产品。

方腾霄激昂的声音紧随两位科长响彻在石窟每个角落，他在一个来不及上锁的桌子抽屉里翻出一个布满字迹的簿本，上面写有制假者存放赃物的详细窝点，遍布全市镇乡村多达三十一个。

工商质监两位科长兴奋得嘶哑着声腔宣布，这是他俩自执行打假神圣使命以来碰到的最胆大包天的制假者也是最大的一起天案。

打假队伍乘胜追击依照由近至远的原则朝其他赃物窝点风扫残云席卷而去，战利品越积越多惊动的层面越来越高，在太阳徐徐滑落山坡只剩第三十一个赃物窝点时来了电话，说市里两个一把手要面听汇报。

方腾霄让两位科长只管放下悬心往回赶，留少数几个帮手就绰绰有余。他说他早就悄悄摸过剩下的最后这个窝点在一个三五十户总共几百号人口的村子里，打假是正义行动必然得到人民群众支持响应越是人多的地方就越安全。

方腾霄又举手朝我指了指再次让两位科长放心。

他说不但有我还有她秋菊呢，您二位就放心吧放一百个心吧。

太阳抖落最后一根锋芒时，方腾霄率领我们找到村口沿着一条弯曲窄巷像把利刃直插到中央部位一座虚掩着门的院子里，指着一把沉重铁锁说屋里全是赃物。

他说大家再辛苦半小时，差不多就搞掂收工啦。

阵阵狗叫淹没了方腾霄“搞掂收工”四个字，一个戴眼镜老头踱步而来用一种早就等着的神情瞅着我们让出示合法手续。

方腾霄说你不知道这是打假执行公务吗，老头说我只知道一帮人擅闯私宅还想撬我出租给他人的房间，方腾霄说搜查文件刚被两位科长随身带走你没看见这几位制服吗，老头说穿身制服就是执行公务那我弄套工商质监就能撬你家门弄套警服就敢随手铐你是不是，方腾霄说你明白屋里是什么有多严重吗，老头说哪怕是本·拉登原子弹氢弹中子弹也得按程序合法办案，方腾霄说你，老头说还你呢，方腾霄说我，老头说还我呢，方腾霄说她，老头说还她呢。方腾霄说知道她是谁吗，老头说我听着呢你说她是谁。

方腾霄说，她是秋菊。

老头目光斜穿镜片瞅我说嗯，他说你是秋菊。

我说姓何，全名叫何碧秋。

老头用迅雷不及掩耳的速度就像事先背熟台词的演员似的

想起了我的一切，他说你住在安徽地界王桥村因村长踢你男人裤裆打官司讨个说法天下闻名后来又当全国人大代表在北京人民大会堂告状敢把贪官拉下马有个电影《秋菊打官司》是说你前一件事有本书《秋菊开会》是说你后一件事我说得对吧，老头说完口气一转对方腾霄说，她是秋菊你就更不敢撬这把铁锁啦。

方腾霄说是吗，凭什么啊。

老头说就凭啊，她是秋菊。

方腾霄问如果我真撬了，会怎样呢。

老头回答你要是不信哪，那就走着瞧呀。

两个人就像舞台上对手演双簧戏似的拉开了架势，方腾霄弯腰一捡手里多了块石头，老头俯身一摸左手打火机右手钻天爆猴，方腾霄举起石头咣咣砸锁和戴眼镜老头点燃爆猴嗤嗤蹿空在无边暮色染黑大地之际同时进行，又有七八支爆猴跟着在村子各个角落炸响将天幕划开一个又一个炽亮的伤口，先是狺狺狗吠后是沸沸人声再是张张怒脸最后是竖成树林一般扫帚连枷麦杈锄头铁锹等等各种农具像烈日酷暑陡然生成的龙卷风盘旋过来——我拿眼估算如果方腾霄没说错的话，眼前足足三五百人，应该是全村每个会喘气挪脚的活人倾巢出动了。

工商质监两位科长携带呜呜警车花了两个小时从市里疾驰

增援而至，我和方腾霄挽手带领大家挣脱黑暗冲出了包围圈。清点人数少了一个，再清点还是少了一个，于是让各人自报姓名对号入座，仍然少了一个。这回弄清是谁了，方腾霄。

我说刚刚他肩并肩还在呀。

我喊方腾霄你在哪儿啊。

两位科长喊喂喂方腾霄我们在这里呢。

大家一齐喊方腾霄你快出来都在等你呢。

根本无人应答。

方腾霄在众人眼皮底下，像空气一样突然消失了。

六

天刚亮我收到一个短信，秋菊：方腾霄在我们手里。他被绑架了。

我朝窗外飘忽不定的晨光摇着脑袋想往家里报个平安，刚才手机像老鼠吱吱乱叫我以为是我男人万善庆可随即认定不是，这趟出门我为不懂拼音的男人弄了三个常用语句吃早饭吗吃中饭吗吃晚饭吗任他每天三次问询，万善庆不会这么大早更不敢直呼秋菊，这两个字属于我俩特定时刻包括纵容他压着我撒欢耍野。我还弄了一个惊叹号“！”供紧急状态专用，万善庆说有必要吗，我说有，他说不弄行吗，我说不行，他叹口气说那好吧，我猜想万善庆瞅它就像瞅一枚威力足以令人肝胆俱裂的炸弹宁愿一辈子绝不要碰它。

我下意识戳出一个惊叹号赶紧揿动删除键让它消失再看短信，下面还有一行字：宾馆门口右石狮嘴巴里有封信，你看了再说好吗。

信一共两页装在宾馆信封里是打的字，我读了一遍又读一遍，感觉就像吃了一顿最精美饭菜可其中混有锋利刀片硌得胃里五味翻腾。

我搓揉着胸部再读，秋菊：方腾霄在我们手里。他被绑架了。很抱歉我们使用了绑架这个不文明词语，同时很抱歉我们实施了绑架这种野蛮手段。可是没有办法。方腾霄这条嗅觉特异的猎狗带人摧毁了我们的一切，无论经济精神都难以用人间技术估量损失。请允许举个俗例，他若在黑白江湖恐怕一秒钟也保不住小命。他死定了可我们此刻还让他活着。假设你是我们，假设其中没有正义和邪恶之分，相信你也会如法炮制甚至更加严厉更加极端。而给你写这封信，是想请你进一步体验我们的超常悲悯不凡道义以及罕世宽容。

读到这儿电话接续响起，两位科长问我在哪儿在干吗，我说在宾馆正躺床上。他俩说方腾霄被绑架啦你得注意点千万小心哪。

我说好的谢谢，我明白啦。

我放下话筒继续读信，我们给工商质监写信建议双方平等交换那边归还东西这边就放人。估计他们正窃窃自喜快活得手舞足蹈打算要弄惯用伎俩装模作样摆开架势接洽谈判让我们像野兽跳进猎人陷阱被埋伏在暗处的警察一网打尽。再次抱歉这里用了惯用伎俩这个不恭词语。确实是惯用伎俩。这帮人轻车熟路常用不鲜屡试不爽前车可鉴。他们说假话做假事假模假式弄虚作假在这些方面比我们制假者更富创造性更具天才。直截了当说吧，我们出于鄙视给他们信那是虚晃一枪，我们出于尊敬给你信这是真金白银。

我深嗅一口又读，方腾霄能够暂寄头颅苟延残喘是凭你秋菊。他给了两个不杀他的理由说一是凭他表哥二是凭你。昨天他滔滔不绝一整夜用四个小时说他表哥用一个小时说你。他说他表哥时就像颂扬西天如来佛祖神情癫狂执拗荒诞不经。他说你时如同讲述南海观音菩萨语气昂扬激越飘忽奇异。方腾霄据此恳求给他百分之九十九死百分之一活的机会。我们同意了。他被系扣在万丈悬崖边一棵只剩裸露在地面六条筋根的檀树上。我们承诺每隔两小时砍掉一条筋根。从今晨八点整起算从十点整开始砍。我们这儿几乎无人相信他能活下来。只有他本人笃信将有奇迹出现说凭他表哥凭你他绝不会死。他表哥在另一个世界你却在咫尺人间。重担落在了你一个人肩上。

往下我硬起牙齿逐个咬嚼最关键字句，如果你不惊动任何人依照我们指定线路在指定时间独自赶到指定地点而悬崖边那棵檀树最后一条筋根还没被砍断的话，我们便把命还给方腾霄，他就得救了。

我拿手碰碰第二页信纸下半截艰难吞咽剩下的最后部分，你不来方腾霄将跌下深渊粉身碎骨。你来了错过时辰他仍要跌下深渊粉身碎骨。你报警或对他人泄露我们将提前砍断所有筋根他照样跌下深渊粉身碎骨。综上所述一言以蔽之，这个人这条命就凭你秋菊啦。致以最崇高敬礼。你的朋友。即日。

我像抓着嗤嗤冒烟的焦炭捏住信纸打出一个又一个喷嚏。

我想到了一个人，外婆。

我想她老人家在天之灵该帮我做决断啦。

可是没有，外婆继续沉睡在另一个世界僻静角落，踪迹难寻，悄然不语。

短信吱吱叫了起来，吃早饭吗是我男人万善庆来的。我朝它们打个愣怔然后想也没想突然举手往键盘上戳出一行字：今明后三天因重大行动需关闭手机暂缓联络。

我的手指抢着替我做主迅疾揿下了回复键。

两分钟后短信重新吱吱叫响。不是我男人万善庆。屏幕上跳荡的字迹是，宾馆门口左石狮嘴巴里有封信。请照此立即动身。

我花五分钟拾掇好，随后赶到车站跳上一班开往山区的长途，两小时后我换乘另一班长途循另一个方向继续往山里走了三小时在一个空荡荡的十字路口下了车，我拿眼瞅瞅被艳丽阳光照耀成万紫千红的大山，走进路边一间废弃空屋拿事先准备好的毛巾蒙上眼睛。不一会儿有人抓着手臂扶我上了一辆嘁里哐啷想必快散架子的卡车走了一个多小时，又改坐上突突突突拖拉机走了一阵，往下我被绑缚在一头高大牲畜身上伴着阵阵铃铛碰撞声和间歇牲畜响鼻声往高处攀登，不等我弄清身底下是匹马还是头骡子似乎就到了目的地，两扇沉重大门被隆隆挪开，我被搀下牲畜跨过一道高门槛走了十几步，又有门吱呀一响，我随即被绑坐在一把高背木椅上。稍后，我脸上的毛巾被去掉了。

我看见自己连同椅子深陷在一片浓重的黑暗里。

右前方窗台上多了一盏加有特殊纸罩的马灯，就像事先精心测算过，所有的灯光积集起来瞄准我照射在脸上。我挣了一下身子让双眼避开快刀似的光芒。一声男人的咳嗽划动了死寂的暗夜。

他说是你吗，秋菊。

这个男人隐身暗处说很抱歉。他说很抱歉用这种方式跟我见面。我冲着黑暗问他方腾霄怎样了。他说谢谢这个人此刻还活着。他说他们迄今总共砍断了五条裸露在地面上的檀树筋根，是严格依照约定从今晨八点起算每隔两小时砍断一条，第五条是我被绑在不知是骡是马的高大牲畜身上往这里攀爬离屋前平坡还剩最后一步时砍断的。时针在那一刻恰好提前一脚跨过了傍晚六点。他说没有办法我们得信守承诺只好拿刀忍痛把它砍掉啦，不过那棵檀树还有第六条即最后一条筋根，方腾霄他应该没事你就放心吧。

我说照你的意思，他仍然被吊挂在万丈悬崖边上是吗?

他说是的。他告诉我准确地说方腾霄作为被绑架的人质正处于非常符合自己身份的境地。他调转语气详细描述方腾霄此刻整个身体就像只壁虎正摊开四肢贴站在崖壁一条裂缝边缘，腰部有一道拇指粗细的麻绳拴系在光剩一条筋根的崖边檀树上。

我刚要开口便被他截断话头，他让我仔细想想宾馆门口左石狮嘴巴里第二封信，说上面明明白白写着我按指定线路在指定时间赶到指定地点以后，还需要配合做一件事。我承认有这句话问什么事。他说得跟同伴商量一下。

有五六个男声夹着两三个女声开始在黑幕中交错起落。磋商结果是我只需回答两个提问，不论什么答案我说出口就成，他们将立即释放方腾霄绑架行动亦正式宣告结束。

第一个提问透过黑暗朝我抛了过来，问我最初讨个说法民告官以及后来当全国人大代表告状扳倒贪官，其内在动力是什么。第二个提问接踵而至，问我曾说倘若村长往我男人其他部位而不是裤裆踢就不会打那场后来震惊天下的官司，其思想根源是什么。

我说就它们吗。

对方回复说，就它们。

我问能否重复一遍。

两个提问几乎一字不差从暗夜中再度跳了过来。

我一阵狂笑即刻喷射而出。

我说你们把一条人命绑上悬崖诓我几百里路追魂就为这两

件破事真他妈有娘生无娘教的驴马乱伦杂种喝了泻药的阉猪吞了枪药的癫羊咽了狂药的疯狗连猪羊狗不如是鼻涕臭屎粪缸蛆虫……

我冲着黑暗开始破口大骂。

七

我被人推醒时，一缕熹光正穿窗照射在为我松解绳扣的方腾霄脸上。

他说嗨，你醒啦。

我蹿身一跃打个趔趄被他扶住。我咬牙跳奔又打趔趄再被他扶住。方腾霄说嗨嗨嗨你不要这样绑匪早走啦危险过去啦。

他说这样吧我搀你到门口看看就明白，一切都过去啦。

在门前空地我像是重回人间。爽朗凉风挟裹漫天晨光越过对面千峰万壑冲荡而来，我的脚下是突兀耸起犹如整块巨石的岩崖，身后是只放着一把破旧高背木椅近似于荒废庙宇的空殿，侧前站着满含关切目光的活生生的方腾霄，眼前极其真切的情景让我疑惑昨夜是一个虚构的噩梦。

方腾霄说我差不多破口大骂了一整夜。

他说你啊就像狂风暴雨电闪雷鸣地动山摇惊涛骇浪骂到天快亮的时候实在骂不动结果就睡着啦。我问他怎么知道的。他说他当时就被系扣在大殿窗外悬崖边檀树上全身紧贴石壁竖着耳朵一字不落听得清清楚楚。

他举手一指说喏，就那儿。

我试着走到崖边，无形吸力犹如巨手袭拽让我想起绑架者信中说的深渊，是深渊而且是无底深渊。我拿眼扫过被砍得只剩最后一条裸露地面筋根的檀树再瞅瞅崖壁上那道不足两寸宽的缝隙，我的真实想法是，如果不是亲眼实见，如果方腾霄不是活蹦乱跳戗在眼前，谁说这件事哪怕侥幸逃生者本人讲述，我都会认定这是一个或许包含不可告人目的蓄意编排的弥天大谎。

方腾霄说全凭表哥，我活下来啦。

他改换另一种方式说他表哥。这次使用的是现实词汇描绘的是现实中的人，说他表哥说话算话。他略带夸张地说一诺千金一言既出驷马难追这些古词在表哥面前根本称不出斤两连一钱一分一厘一毫也不是。他说我表哥啊但凡嘴巴承诺的每一句话都像铁板焊钉字字千钧绝对算数，即使碰上天大疑难意外挫折表哥他呀哪怕拼上自家身体赌上一生前程，也要将它们彻底兑现。

方腾霄说自己系吊万丈悬崖的滋味就像掉进十八层地狱生不如死无数次想纵身一跃粉身碎骨一了百了就此解脱。可是，表哥音容笑貌倏然浮现。表哥说表弟呀你曾经发誓要完成这件事可它还没做完你得说话算话必须活下去明白吗。

他说我呀这才熬过最艰难最危险时刻，活下来啦。

方腾霄说完表哥瞬间脱胎换骨全身焕发异彩，就像从未落入绑架者之手经历一天一夜煎熬而是扮饰身陷魔窟的演员刚刚洗卸了受尽拷打折磨的戏妆。他抖擞着精神建议我俩立即下山，跟工商质监公安会合共商对策。

我说你挺得住吗。

他说挺得住你看我样子啊。

我俩顺着布满牲畜蹄印的坡道走了不久是一条公路，拦车再走不到十分钟碰上了那个十字路口和那间废弃空屋，往下我俩赶到市里连两小时也没用完，显然昨天绑架者第二封信指定线路指定时间指定地点实际是声东击西故布疑阵好让我晕头转向。

我从宾馆给两位科长打电话，他俩正一道开紧急会议没空听我讲话只让待着注意安全静候消息。趁这间隙，我和方腾霄决定将自己拾掇干净再把肚子填饱。

我俩找了个靠窗包间对坐在柔和阳光里，差不多吃得将饱未饱之际方腾霄突然重新提起了昨夜的事。

他说我蒙眼被带进大殿时他全身紧贴崖壁闲极无聊曾猜测往下怎样进展，可砸破脑壳也想不到是那种局面我会破口大骂而且汹涌澎湃骂了几乎一整夜。

方腾霄说我骂出第一串脏话简直就像炸响晴天霹雳。

他说真正是晴天霹雳，而且是在头顶上方咔嚓炸响。

方腾霄说他记住了我昨夜骂出的一部分脏词。

说着他开始复述。从第一段末尾鼻涕臭屎粪缸蛆虫接续，他说你呀往下骂的是砍千刀受万剐赶杀场咽炮子枪打剑削五雷劈脑八马分身万里冲军十代绝种捣嗓子嚼舌头仰尸瘟瘪瞎怂外死外葬拖油瓶螟蛉子刮白食揩黑油缩头龟活兽阴鬼掉魂神女没屁眼儿……再往下我记不牢啦。

我问我真骂了这些脏话吗。

他说你真骂了。

我说这种污言秽语真从我嘴巴出来的吗。

方腾霄说我敢发誓敢用我表哥发誓，它们真从你嘴巴咬牙切齿争先恐后一个接一个蹦跳出来的。

他话音未落我就明白了。

我想是她，肯定是她，必然是她，外婆。

我认定她在，一直在，从我被一个名叫方腾霄的陌生人说动跟他出门打假她就在，看似她深藏在另一个世界隐蔽角落闷声不响其实她自始至终都在，她不像往常时时浮现却在我的身体里，她就是我，包括昨天我贸然单刀赴会在黑暗中跟绑匪对峙，也包括当时面对那两个荒唐提问我失控咆哮。

昨晚那两个提问跳出黑暗之际我差点像先前面对媒体脱口说出外婆。

真是外婆，我的内在动力思想根源都是外婆。

外婆说世上四不让：宅屋，儿女，性命，裤裆。她说谁动它们你就拼到底。

我问方腾霄昨晚那两个提问，他几乎一字不差回忆起来，说分别是我讨个说法民告官当全国人大代表告状的内在动力和倘若村长踢我男人其他部位而不是裤裆就不会打官司的思想根源。我问你想听答案吗他说想。我说答案其实就一个，我外婆。他茫然不懂要我解释，我让他独自揣摩我说你把我外婆当你表哥就差不多啦。

说完我便撇开他陷入沉思。

我在想传说中外婆那场罕世绝骂。

一切是从人们嘴巴里的零言碎语经漫长岁月拼接而成的。外婆从大地方下嫁偏僻乡下没提防当地有个陋习新媳妇过门后得忍受其他男人结伙当众欺辱，她走出新房第一次翻晒麦场时那些男人遵循惯例围拢而来像撕烫一只刚被宰杀的鸡扯碎了她的一身嫁衣，一丝不挂的外婆夹紧裤裆甩着白嫩双奶挣扎捡起地上的铁叉驱散了他们，可事情没完，这帮人当晚集结重来叮叮咚咚撬挖大门，外公早就溜得踪影不见，外婆拿所有家具堵在门口抵挡了一夜，天亮她拽条桑树板凳坐在村口要道披着第一缕天光冲着整个村庄开始破口大骂。传说她不歇气骂了三个白天两个黑夜骂尽了前人嘴巴说过的所有脏话，第一天上午煌煌太阳下午乌云弥乱夜里电闪雷鸣，第二天连昼搭夜瓢泼大雨河满溪流库毁坝塌山洪冲撞，第三天雨止天晴瓦净草干地实路硬，从第四天起，当地所有的人改换另一条新辟的道路进出村子，全体男人都把裤裆里多出的那一截洗涮干净收叠藏好从此像是遭遇剔肉换骨再世投胎重新做人。外婆变作一把往青石条上蘸水从早到晚磨得飞快的镰刀飒飒挥舞割断了男人们享用了若干年代的可耻特权和无端念想。

她成了魔成了妖成了精成了神成了菩萨成了佛。我想，外婆告别人世拿眼朝我迸力一望或许把她的命她的精神她的那场罕世绝骂一星不留统统送进了我年轻的躯体而得以传衍不息无限再生。

手机急促铃声打断了我和方腾霄的冥思，是两位科长来的，抱歉刚才不容我开口讲话是情况特别紧急。他俩抱怨碰上了最厉害的对手，说本来一切布置就绪只等张网捕鱼可绑架者突然好似窥破了玄机斩断一切联系像条泥鳅消失得杳无痕迹，而恰恰那个时刻对方给出的最后期限正翩翩降临。

两位科长猜测绑架者此刻已经撕票方腾霄可能不在人世了。

我告诉他俩方腾霄已经回来了。

两位科长说你说什么呀。

我说方腾霄回来啦，他正在我对面坐着呢。

八

两位科长像盯看外星人听方腾霄说完遭遇绑架命系万丈悬崖最终脱险的整个过程，他俩顿时回归幼童时代沉溺于天方夜谭故事瞪直双眼将嘴巴张了又合合了又张，最后问绑架者凭谁轻而易举中止犯罪放了他。

方腾霄指指我说，凭她呀秋菊。

两位科长请他详说双方对峙我独战群魔怎样震慑制服敌手，我拿眼瞄瞅方腾霄猜测他会说那场疯狂詈骂，可他没有，他只把刚才的话重复了一遍。

方腾霄说绑架者证实了我是秋菊，随即将他从崖壁上提溜上来松开绳扣，然后借着最后一线夜色逃之夭夭。

他说绑架头目问嗨你真是秋菊吗，随即吩咐拉幕收场啦。

两位科长问对方就叫声秋菊？

方腾霄说是的就叫了这个名字，秋菊。

他说自己四肢张开紧贴崖壁竖着耳朵听得清清楚楚，那头目就说了这个。

两位科长像第一次见我那样开始挥锹往头脑里挖掘经验以外的东西，不一会儿两人似乎弄明白了，认定绑架者对付一个普通人就像糟蹋牲畜肆意决定生死，可碰上一个特殊人物尤其是打过一场震撼世界官司在北京人民大会堂告过状的非同寻常的人物，他们就得绞尽脑汁承受能力就像放在熊熊炉火中烧红再搁在铁墩上任凭铁锤千敲百打必然经受从未有过的严峻考验。

他俩想象绑架者得知我真是秋菊那一刻恐怕变得像一根风中枯枝那样脆弱了。

两人形容说只需咔嚓一响，差不多就折断啦。

往下我们收拢话题商讨进一步对策。没一会儿方腾霄突然说发现了对方一个可能是天大的破绽，他问前几天是否有驴友登山探险失踪万人搜寻事件，两位科长说有电视报纸连篇累牍做这个节目足足十来天了。方腾霄说这就对了，他告诉大家，遭绑架期间他曾经无意中听那个头目议论过这件事。

方腾霄说绑架头目评判说，假如不要让这么多外来者大哄大嗡，而是请他老家天街村的村民从第一天起开始搜寻，那个失踪驴友的命一定会保住。

我们花一个下午查阅媒体资料再共同将整个事件拼接完毕。十一天前有帮驴友结伴打算穿插号称天下第一险的剑劈陡崖朝一年四季躲在缭绕白云里的天街村进发，离剑劈陡崖还有两天路程有个驴友失散走单了，这帮人寻找了一天一夜发现了种种迹象证明那位富有经验的失散者错迷方向但仍然活着，无数驴友志愿者借助网络得悉信息从四面八方蜂拥而至，失散者父母亦双双赶至现场悬赏高价雇人上山，当地政府予以高度关注调集武警公安民兵并牵头协调全体人马有计划按步骤实施地毯式查找，前八天里搜寻工作如火如荼人气冲天，电视直播镜头中失散者走过或可能走过的路线漫山遍野浩浩荡荡都是探找的各种人脸和不同脚印。过了第十天也就是昨天上午，人们冷静下来，按照当地老人建议商请天街村村民出山循着失散地点从头查找，四小时后他们在一片被搜寻人群践踏成碎浆的茳草丛畔一蓬紫竹林中发现了目标，失散者仰身向天手捂腰部成了一块僵硬的石头。经专家勘验死者系不慎从上方岩崖跌落腰部损坏，凭着经验他手抚伤口仰脸平身静待救援坚持了差不多整整三天最后是被骤然降临的寒流活活冻死的。从刚刚送达的晚报上我们看到了痛定思痛的结论：假如一开始没有这么多人上山狂踩乱踏，而是直接请熟悉山情的天街村村民当天出山遵循原始痕迹搜找，那位不幸驴友必然遇救挽回性命。

两位科长让方腾霄把话再说一遍。

方腾霄重复说他无意中听绑架头目评判不该纵容这么多人哄乱若是第一天就请他老家天街村村民出山，肯定能挽救一命。

两位科长问什么时候，方腾霄说前天他遭绑架当夜，这帮人顺眼从电视直播中看到热火朝天搜找场面便不加提防随口议论了一番，他说他想起来啦那个头目好像还说晚啦黄花菜早凉啦没人能在大山中撑过五天肯定冻死啦。

两位科长问，他自称老家是天街村吗？

方腾霄说他原话就是，我老家天街村。

两位科长说这确实是破绽是天大破绽，这家伙一句话就泄露自己是哪儿人啦。

我们把兴奋带进晚餐，吃到一半方腾霄被我吱吱叫响的手机提醒发现了另一个破绽。

短信是吃晚饭吗我男人万善庆来的，方腾霄拿眼瞅我揿下回复键神情怦然一动突然问我怎么跟绑架者接上头的，我说宾馆门口左右石狮嘴巴里塞着两封信，他问我怎么知道那儿有信，我说在此之前接到了两个短信。

他说嗯破绽就是这个。

我打开短信翻出了那个可疑陌生手机号码。

三个小时后公安方面反馈，这是用一个叫作佘天民的真实姓名在本市新近登记的神州行号码，关于佘天民其人其事同一时刻白字黑纸放在我们面前，此人三十刚过，系北京一所著名大学本硕连读生，毕业后去了南方，前两年历尽坎坷卖报纸送牛奶擦皮鞋捡垃圾做门房，第三年运气转好由蓝领做到灰领再做到白领，第四年返回北京自己开公司年底遭遇挫折亏损重大，第五年也就是今年年初离开了京城，从那时起迄今踪迹不详。

我们把几页纸抓在手里翻来覆去掂播着这个人，有一行字像烙铁一样浇铸在其中：余天民的出生地就是天险剑劈陡崖之上位于万仞云端的天街村。

警方及时介入连夜跟辖管天街村的毗邻市取得联系，对方表示将全力配合同时给了一个建议，说如果方便我们在后天中午之前赶到距天街村最近的那个镇的话，将可能得到最新最权威的第一手资料。

为确保迅捷行动方腾霄留下，我和工商质监两位科长挤乘一辆由一位公安科长驾驶的警车星夜兼程，第三天清晨提前到达与对方工商质监公安三位科长以及镇上书记镇长会合。我们一再坚持亲赴天街村实地走访，书记镇长笑了笑然后驱车陪同我们顺一条越来越狭窄的砂石路蜿蜒而上，在砂石路尽头，一道震耳欲聋的峡江横空而过截断了前方的去路。

我们下车抬眼连退数步这才稳住身体。隔着白浪滔天的峡江那座惊世骇俗的著名剑劈陡崖犹如擎天戗立的镜面拔地耸空直插云霄，书记镇长指着空中被清晨冉冉初起的太阳烘烤着的一缕云彩说那就是天街村的位置。

我们仰头眺望再退数步询问进山通道，书记镇长指指拴系在三棵数人合抱巨檀空隙的过江藤缆，我们目光顺着足有大腿粗细形状像搓绞辫绳的藤缆逶迤而前探及对岸，书记镇长举手挥划牵引我们目光转向在阳光下耀眼闪烁的悬崖剖面，说隐约显现的一条横斜向上的白线就是连接江缆尽头供天街村人进出也只有他们敢走的唯一通道。

两位科长问书记镇长那条白线只有天街村人敢走那外面的人怎么办。书记镇长回答至少二十年之久没有人去过了。两位科长提到前不久那帮驴友集结准备穿插剑劈陡崖去天街村途中遇险的事，书记镇长哈哈大笑说那位驴友失踪地点离这个镇也足有一天路程那儿全是些馒头似的山包而已。书记镇长补充说，不要说外面的人即使在天街村，除了成人壮汉所有妇幼老弱也得倚借天街岩羊才能平安通过万仞崖壁。

书记镇长说他们呀得舍命拽抓着天街岩羊尾巴，一步一踏全靠它的牵拉稍不留神就跌落悬崖尸骨无存啦。

折返镇上我们听了有关天街村的大致介绍，照例有个传说说那儿曾真正是天界一街后来孽缘深重堕落在俗世凡尘。书记镇长说天街村目前散落着二十多户不足百人，村中心确有一条令人百思不解的用青条细砖独特图纹铺成总长近百米的残断街面，靠着一片天然盆地熟田一座当家水塘一口熬盐浅井以及山中各种出产天街村人自足而活，十几年前甚至有一所只有一位老师两个学生的小学后来因出身天街村的唯一老师年衰辞世而关闭。为联系外面的世界天街村村长雷打不动每隔七天都必须出一趟山到镇上来，书记镇长说今天恰逢此日这也就是建议我们今天中午之前赶到的真正原因。

我们围坐午餐时见到了天街村村长，一提余天民名字那张刻蚀风霜雨雪和岁月深痕的高山黑脸暴然张裂怒火熊熊喷射，曾三次出山接受培训的村长操着依稀可懂的声腔对余天民公然制假悍然绑架各种行径一点都不奇怪，他说这个余天民是个人神共愤的骗子是天街村的奇耻大辱。

村长一边咬嚼饭菜一边历数余天民拂逆祖宗规矩毁损世代传统张开嘴巴里面蹦出的都是假话。

他说天街村人要么不说说出来就是铁打钢铸金口玉言哪怕拼上一条性命也要字字兑现，可这个余天民却竟然胆敢先后面对着两条人命向整个村子公然割血起誓，撒出漫天大谎。

村长说天理昭彰他呀干下这些伤天害理的事哪怕躲到天涯海角老天爷也会揪他出来。

村长说余天民必将插翅难逃。

九

余天民在我们回返当天中午落入警方之手。

余天民落网方式有点出人意料。他打电话声称上午十一点见警方，十一点整他准时走进公安大楼指定办公室，突然举起拳头将等候在那里的警察劈面打倒然后拔脚奔逃，最终在走廊被团团围住揪翻在地。

见到余天民我和工商质监两位科长耳边再次响起了接租假种子店铺面的眼镜店老板娘的话，我们拿眼扫过余天民再看方腾霄，认定两个人像真像非常像。

两位科长说两个人差不多只有一副眼镜的区别，他俩说假如不是照面站着真以为错抓了人戴着手铐站在铁栅栏里受审的是方腾霄呢。

方腾霄也板着脸开起了玩笑，问要不要做个DNA。

他说也许真有血缘关系。

他说我跟他呀说不定还是从小失散的双胞胎兄弟呢。

鉴于余天民特大制假绑架人质两项犯罪事实清楚证据确凿本人亦供认不讳，同时鉴于牵系DAA跨国集团而且上级顾及国际影响为此下达从重从快处理批示，此案花了一周时间即以创纪录速度正式提起诉讼。

我给我男人万善庆发了个短信，我往手机上揿出此次出门打假收获特别重大目前进展顺利我需要出庭作证最多三天就尘埃落定回家请耐心静候，将它们发送完毕，然后全身心投入配合案件庭审活动。

开庭当日天气晴好，上午八点太阳漫空洒下金色光芒之际，随着一片急促电铃被告人余天民被法警押进法庭背对黑压压旁听人群站在了法官面前。

庭审中为余天民被捕方式的定性即是否属于自首花费了大量时间。辩护律师认为是，公诉人认为不是。

控辩双方就此舌枪唇剑激烈争论。辩护律师说被告当事人在警方不知他身在何处的情况下主动打电话而且准时出现在公安大楼指定办公室难道这不是自首吗，公诉人则说涉案嫌犯诓称见面却在公安大楼这种庄严肃穆的地方光天化日公然抡拳打倒警察随即疯狂奔窜难道这是自首吗。辩护律师引经据典读了一大段冗长文字认定是自首理应从宽，公诉人同样繁文缛节引了一长条啰唆词句咬准不是自首从宽无据。辩护律师设问被告当事人若不想自首他干吗主动现身在警方面前，公诉人也设问涉案嫌犯若真想自首干吗暴力击倒警察而后当众逃跑。辩护律师改从人情角度问你若是被告当事人主动约见警方而不自首除非头脑有病吧，公诉人遂以现身说法的方式问你若是代表国家提起公诉明知涉案嫌犯当众对警察施暴还同意对方是自首想必疯掉啦。

主审法官及时敲槌截断了连绵不断的繁琐话头和不断升温的激烈情绪，说法庭已充分注意到双方观点及论证依据将在合议案件时给予高度重视要求他俩就本案其他分歧展开新的辩论，就在这个时候，余天民打个手势问可不可以说句话，主审法官答复说他享有这个权利当然可以。

余天民问法庭干吗不直接问他本人的真实想法。

主审法官说好的说吧，你当时是怎么想的。

余天民说他去公安大楼是想试试揍人一顿再当众逃走。

他说我啊就想随手掼倒一个穿制服的家伙然后在他们眼皮底下大摇大摆跑掉。

庭审大厅旁听席上就像秋风扫荡树林片片枯叶飘扬坠地飒飒阵响。辩护律师立即对被告当事人精神状态提出异议，说依照法律公平原则受指控者没有理由发表蓄意加重罪责对自己明显不利和不公的言词。此异议遭当庭驳回，主审法官拿出一份文件证明公诉人考虑到嫌犯反常表现早就提请法院通过专家对其做了正式医学鉴定，结论是余天民不存在任何精神疾患具有正常行为能力。

法官敲响法槌让庭审继续。余天民似乎要佐证专家医学鉴定的正确程度，以极其冷静客观清晰和令人坚信不疑的口吻当庭陈述了他假冒DAA跨国集团金牌产品动机手段过程数量获利金额以及恼羞成怒绑架为工商质监带路打假者方腾霄包括用两个短信和两封信件要挟参与打假的我按照指定线路指定时间赶赴指定地点跟他们见面的全部犯罪事实。

证人依照次序出庭作证。两位科长分别以执法者的身份宣读盖有工商质监公章的两份详细描述打假过程具体收获涉案款项的文件。随后，我走上证人席简略说明参与协助这次打假的原因然后根据法庭要求，重点证实绑架者威胁要挟我单独见面的经过。

我当庭全文宣读了塞在宾馆门口右石狮嘴巴里的那封信。

秋风再度吹拂庭审大厅枯叶漫天飞舞飒啦落地，旁听席密匝匝人头啧啧惋惜让我想起无数的鱼清晨浮游水面翕动嘴巴噼啦作响的场景，离我最近的一个戴眼镜中年妇女不停揩拭眼窝嘟囔真正文采飞扬啊未成社会栋梁竟成制假绑架头目原因何在天理何存可惜可惜呀真是暴殄天物呀。我在嘈杂哄乱中收拢思绪让自己平静着讲述了相关历时一天一夜的所见所闻，我告诉法庭在此期间绑架者均基本遵守信中约定而我依照指定线路在指定时间到达指定地点不久他们的绑架行为便戛然中止。

法庭问余天民是否见过我这位证人对证言有无异议。余天民先答第一问说见过我然后描绘见面场景说把我用麻绳绑在一把高背破木椅上用加了纸罩的马灯让光线直射到脸上就跟影视镜头中匪徒拷打英雄差不了多少。他再答第二问说对我证言有异议因为低估了他们，他强调绑架行动不是戛然中止而是达到了预期目的。

他说知道这是谁吗她啊，是秋菊。

他说哈哈她就是啊，秋菊。

他说我们把打了一场震惊世界的官司弄出“讨个说法”流行词敢在北京人民大会堂告状的秋菊变成一只可怜兮兮的羔羊任意差遣随手调拨恰恰证明你们这帮打着执法幌子的家伙是白吃赖混的饭桶，其实际影响和作用早就超过撕票杀人啦难道这个不懂吗。

余天民砸出这块棱角峥嵘的石头似乎嫌尖锐度不够又加了一句。

他提醒法庭别忘了他们曾把一个名叫方腾霄的打假者系扣

在万丈悬崖边一棵裸露地面六条筋根的檀树上，每隔两小时砍断一条筋根让这个人像条壁虎四肢张开贴站在崖壁裂缝上生死一线活活煎熬度过了想必终生难忘的惊魂昼夜。

随着这句话音降落，方腾霄走上了证人席。

整个庭审大厅打了个愣怔。

人们几乎都在瞬间发现站在被告人席和证人席上的两个人不但像而且像极了。

方腾霄作证的第一句话将我和工商质监两位科长突然推进同样惊诧的行列。他自报家门说他是DAA跨国集团的SPY。他说请允许我介绍一下正式身份我是为维护具有全球广泛影响的DAA跨国集团金牌产品并被该集团确认过的SPY。

方腾霄将这句外国话拆开念了一遍，S，P，Y，又合起来念一遍，SPY。

他说这个SPY呀用中文说它就是，线人。

他说嗯是线人。

他说我是为DAA集团打假的线人。

法庭宣读一份中英文对照文件证明方腾霄所述属实。方腾霄以DAA跨国集团SPY身份继续作证说了怎样抓住制假者尾巴并在我和工商质监公安勠力配合支持下让它倾巢覆灭，他清晰复述了涉案数字及折算金额并用略带夸张口吻强调自己为DAA跨国集团打假遭到绑架差点丢了性命的过程包括被悬吊万丈悬崖不啻身陷地狱用语言难以尽述的非人滋味。

方腾霄当庭直接指认站在被告人席上的余天民就是制假和绑架团伙最大头目。

他说组织指挥制造骇人听闻制假和绑架大案的就是此刻站着受审的被告人。

他说嗨就是这个人。

余天民对方腾霄证词未持任何异议但不断使用各种冷嘲热讽神情予以鄙视。

整个庭审余天民自始至终都处于一种令人震惊的与法庭对抗状态。他似乎想一个人承担所有罪责。他说制假和绑架团伙确实有很多人可是你们哪怕用铁扦钢管也不可能从我这张嘴巴里撬出任何一个名字明白吗。

他声称有沉默的权利。

他甚至挑衅法庭说我就是拒不交代就是抗拒从严就是要把牢底坐穿你们索性把我重判了好不好啊。

余天民在庭审行将结束之际提了一个要求，他说我该说的都说啦我用一个动作代替被告最后陈述可以吗。

几位法官磋商后答复说可以。

余天民俯身脱下了脚上的皮鞋。两只皮鞋顺着相反方向凌空腾起，一只飞向审判席被主审法官偏脸闪过，一只飞向证人席稳准砸在方腾霄头上。

案件在休庭一小时后当庭正式宣判，法庭裁定余天民各项犯罪指控成立，经综合本案案情以及被告人认罪态度以特大制贩假货罪判处有期徒刑十五年以绑架罪判处有期徒刑十五年以贩卖假种子罪判处拘役六个月以扰乱法庭秩序罪判处有期徒刑一年，数罪并罚决定合并执行刑期二十年。

余天民以一阵哈哈大笑表示对上述判决懒得上诉。

我无意中拿眼扫过那两张十分近似的脸，突然发现它们的神情极为相像而演绎的次序却截然相反。

余天民收脸一黑马上如夏花开放灿烂生色。

方腾霄放脸一粲随即似冬叶萎枯黯淡无光。

十

不知是机缘巧合还是命中注定，我在车站打算往家返时被一张似曾相识的脸牵住了目光。我看了一眼再看一眼，然后往手机揿下110报了警。

五分钟后警察赶来跳上开往山区的长途将此人揪翻。对方脸上茫然无辜和熊熊怒火让我再次确信无疑，这就是我们动手打假当天从铺满金色阳光山窝一蓬摇荡而开枝叶中露出的第一颗饱含风吹日晒的脑袋。

我告诉自己没错这绝对是那天拦截踩点车辆八条悍汉中的一个。

我问他想没想到会又见面，他问我是谁他犯了什么法，我问他半个多月前是否挥舞木棒在山道上追打一辆黑色帕萨特，他说有这事怎么啦，我问他另七条汉子在哪儿，他瞅我撇撇嘴巴再瞅瞅警察松口说那七个在村子里随时都能见到。

警察帮我从村子里找到了另外七个人。八位农村精壮汉子从自己的角度复述的当天场景令人十分意外而疑窦丛生。他们声称受雇于人，说事发前一天有个青年以每人五百的价格请他们八人拿木棒尽可能虚张声势驱赶一辆黑色轿车。他们说这个青年不停抱怨几个朋友三番五次逼他开车到那个山窝挖野生映山红做自家盆景而他最恨养花栽草既厌烦透了更耗不起时间可碍于友情只好出此下策啦。

警察通过正规渠道证实这八人都是当地遵纪守法的本分村民，讲的都是实话，然后陪我重返山窝果然看到了散落在野生映山红丛中的大大小小的土坑。八位村民指着弯曲窄路对山上石窟是特大制假团伙存放赃物的仓库表示质疑，说那是当地一个人所共知的天然洞窟时常有人干山活累了去洞里歇坐而且八人中一人事发前两天还进洞抽了支香烟，当时里面空空荡荡连张白纸也没有。

八位村民瞅着现场慢慢想起了那位年轻雇主的名字叫方腾霄。

我按捺住跳荡而起的惊讶问他们是不是记错了。

我说不会吧你们再说一遍。

他们说叫方腾霄呀。

八人说就是这个名字。

他们补充说此地叫万村很多人姓万，青年雇主介绍自己时先说了比万字多一点姓方再两手一张说了腾飞的腾又举手一指天空说云霄的霄，所以大家牢牢记住了他的名字。

八位村民说我们敢发誓确凿是这个名字，方腾霄。

我抓紧返回给公安科长打电话说想请他帮我找个人协助查份资料。利用天擦黑之前这段时间我在公安大楼从电脑上弄到了有关方腾霄的东西，然后打电话邀工商质监两位科长共进晚餐顺便有点事想请教。

我费了老大功夫才让两位科长从侦破重案的兴奋中挣脱身子平静下来，然后不动声色把话题转到SPY这句外国话上面。

我问国外企业SPY有没有报酬。两位科长说有。他俩说这些SPY身份复杂计酬灵活一般有两种，一种是直接受雇拿薪水，另一种是经雇主认可根据打假实绩折算奖金。我问方腾霄属于哪种，他俩说属于后一种。我问那他能得到多少奖金呢，他俩说DAA跨国集团有个公之于众的颁奖比例只须对照一算就清楚了。

两位科长打电话要来了那个百分比，然后切换手机计算了一遍。

我看见他俩就像首次见面吃饭走进包厢点菜砰嘭打开极品人头马路易十三那样舌头一点一点伸了出来最终张大嘴巴舌根毕露。

两人愣怔半晌慢慢缩回舌头报出了一个数字。

他俩报完数字以后同时伸手摸掏耳窝都是先举左手摸掏左耳再举右手摸掏右耳再双手齐举两耳一齐摸掏动作惊人一致。

我也摸掏了一下双耳认定这不是梦境。

我问这真是方腾霄所得奖金吗。

他俩说是的。

往下轮到我张大嘴巴伸长舌头了。

这是一个天文数字。

是一个让人目瞪口呆的天文数字。

往下我们三个不约而同跳身而起往手机上一阵拼命揿戳，接着又改为依次分别拨打。我拨打一遍，不通。工商科长拨打一遍，不通。质监科长拨打一遍，不通。

方腾霄手机回复的都是晄当你拨打的号码已关机本次呼叫将免费转入短信谢谢使用谢谢咕得拜。

他再次消失了踪迹。

当天夜里我反复梳理跟方腾霄见面迄今各种细节。最后我让自己变成一只蜘蛛顺着这个人精心织成的大网从头自尾由始至终爬了一遍勘探着其中并不玄妙的机关。天亮后我打电话问公安科长余天民何时送往服刑地，他说估计在今明两天。上班后公安科长来电话说，余天民上午即离开市羁押所。

我赶了过去，羁押所警察让我稍等说他有个亲戚正在见面。我问是个年轻人长得有点像吧，他说是。我走到近前果然不出所料，方腾霄和余天民正在如同生离死别紧紧拥抱。

我悄悄尾随着方腾霄走进宾馆，等他登记完毕径直过去跟他碰了面，双方嘴巴里差不多同时跳出的一声啊在空中碰撞得火花四射。

我说啊正找你呢方腾霄。

方腾霄说啊你还没走呀我也找你呢。

我问他干吗关闭手机，他说处理一桩重要事项现在开着呢，我随即揿出号码一阵熟悉的歌唱声从他左衣袋像往常一样悠悠扬扬响了起来。

方腾霄说通了我没骗你吧。

他建议共进午餐边吃边谈。还是上次那个包厢，帘幕拉开阳光泼洒进来将我俩笼罩在一片青天白日之下。我俩像即将喋血肉搏似的用最短时间填饱肚子转入对话。他让我先说，我让他先说，他说好啦女士优先你就说吧。

我说没别的是他表哥，我说方腾霄你表哥假如活着能见他吗。

方腾霄说你不是见过他了吗。

趁着我猝不及防呆愣他又重复了一遍。

他说你不是见过我表哥了吗。

他那种抢占先机的上扬声腔和洞悉一切的坦荡眼神激怒我

在一瞬间下决心咬牙掀开了最后一道遮掩的布幕。

我说那我就直截了当说你吧。

他说好的请讲。

我用最简略语言概括他出身中等城市温饱家庭以优异成绩考取一所著名电影学院专攻表演兼修编导的前半截。我陡转声腔详说他的后半截。我说你毕业后共出演了三部电影无一例外都演砸了，第一部电影你饰演受难角色可破绽百出招致导演厉声斥骂，第二部电影你还是饰演受难角色却画蛇添足被不断删减戏份几乎成了群众演员，第三部电影你继续饰演受难角色因过于拙劣大牌主演忍无可忍给你一顿真实暴打酿成停拍风波，你的演艺生涯差不多就此中断，我说得对吧。

方腾霄说很对请继续。

我说于是你走向社会置身于真实生活竟然激活了异乎寻常的表演天才，你戴顶破草帽穿身旧衣烂裳转悠三天用一句秋菊加一个表哥说动我跟你上路还冠冕堂皇叫作打假，你所有表情声腔语言动作全部入轨合榫天衣无缝堪摘世界电影最佳男主演桂冠，可你的编剧和导演才能似乎更为卓越，你借助我这个所谓的秋菊将工商质监公安三位科长以及更大一批人马甚至庄严神圣法庭按照你指定线路指定时间到达指定地点再遵循你精心绘制的蓝图编织成坚不可摧的天网，最后泼啦啦一声亮响将驰名全球的DAA跨国集团收入网内，是这样吧。

方腾霄说是这样请继续。

我告诉他已经说完啦。

他说是吗那就谢谢啦。

他说真谢谢你啊秋菊。

他再次一口气喷射了十二个谢字。他说谢谢谢谢谢谢谢谢真的谢谢谢谢，他说谢谢你捅破这层窗户纸就再没有任何秘密啦。

他说你捅破窗户纸就什么都一眼望穿，其中不存在任何秘密啦。

他说往下没有秘密啦。

方腾霄承认一切。假种子店是故意开的。八条悍汉是临时雇的。石窟和其他赃点假冒产品外包装是事先印好突击放进的。戴眼镜老头是请来的表演老师全体村民是事先说好拍戏当群众演员的。绑架案是虚拟的。宾馆石狮嘴巴里的信是提前放好的。卡车拖拉机驮骡是花钱租的。山顶黑暗惊魂五六个男声两三个女声是口技弄出来的。谁系挂在万丈悬崖檀树下四肢张开像壁虎贴站两寸宽裂缝里也撑不过一小时更甭说连昼带夜所以它是假的。表哥即余天民实际是双胞胎兄弟从小失散后来重新聚首的。余天民佯称自首却暴打警察逃走庭审时拒不合作最后陈述公然脱鞋砸向证人和主审法官是刻意为了加重刑罚的。用尊称秋菊和神秘表哥说动我一道打假是预谋好的。我和工商质监公安三位科长全体打假人马以及充斥刀光剑影的法庭审判都是根据事先编织的跌宕情节经过小心翼翼逼真导演遵循构思顺其自然最终演绎大获成功的。总而言之概而括之，这桩所谓特大制假大案本身就是不存在的是蓄意编排的是假的是冲着DAA跨国集团悬赏SPY规则和那笔天文数字奖金的。

我问方腾霄你说完了吗。

他回答嗯完啦。

我问他信不信五雷轰顶天理报应，他点头摇头。我问他信不信良心孽缘一念之悬，他点头摇头。我问他信不信拨乱反正惩恶除凶，他点头摇头。

我说方腾霄你就不怕DAA跨国集团看穿破绽你竹篮打水一场空吗？

方腾霄说不可能。他说在证据神圣至上高于一切的西方法律区域这桩SPY打假案历经当事人举报工商质监公安部门联手执法由此派生出绑架大案法庭庄严审判和制假者被判处二十年重刑已经铸成扣扣连环无懈可击的铁案，而且DAA跨国集团也依照承诺及时支付了足额奖金。

他把最后一句重复了一遍。

他说事实上我拿到了这笔钱啦。

我想开口被方腾霄挥手截断，他随即发出邀请，让我跟他一道跨越那道峡江穿插那座剑劈陡崖去看看耸入云端的天街村。

我说你。

他挥手再次截断了话头。

他说你不妨先打个电话再做决定好吗。

我拨通了书记镇长的号码，然后做了决定。

我是用自己听起来都感到怪异的声腔说出决定的。

我说好的我跟你走一趟吧。

十一

方腾霄在我俩跳进峡江藤缆竹筐急促掠过惊涛骇浪时说他曾经来过这里，中途他又说了一遍，我两次都只见嘴巴翕动不辨声音。爬上崖岸他再说一遍，这次听清楚了方腾霄说书记镇长声称二十年没外人进山根本不对他几个月前就去过那儿。

他说至少我几个月前去过天街村是跟我表哥余天民一道去的。

他仍然称失散重聚的双胞胎哥哥为表哥。

他咬嚼表哥两个字像从前一样肃然起敬奉若神灵。

往前我俩变作两只猿猴四肢着地屏住呼吸连续攀爬两个多小时贴近了一道半块麦场大小的缓坡，阵阵奇怪声响滚落下来像是朝我们致欢迎词。我问方腾霄是否听见坡上有人正站在我们头顶上学羊叫呢。方腾霄说不是人那就是羊的声音。

他说那是羊在叫呀。

他说嗯是天街岩羊。

我跟着方腾霄屏息一翻登上缓坡看见了它们。

准确地说我看见了十来张深陷在颀长绒毛中像是蚀刻着千年岁月的脸，我确信眼前仰面向天唔唔叽叽吟唱的活物是羊是天街岩羊。它们的模样虽然奇特但仍然属于羊的种类，可它们的叫声不是羊的。我闭眼迅速翻查全部记忆包括从小到大亲睹实见包括看动物世界电视甚至包括个人凭空畅意遐想都没有一种羊是这样唔唔叽叽哼叫的。依据我的经验它绝对是人声刻意模仿羊叫。我稳住身体站在那道突兀在千岩万壑的缓坡上神思混乱了很久，我睁开眼睛看见了羊在叫唤，可闭上眼睛听见的是模仿羊唔唔叽叽哼唱的人的声息。

有位老人从崖缝棚屋走过来像是要印证和加强我的这种感觉。他用平等姿态招呼着我与方腾霄和十几只天街岩羊。他朝我笑笑再朝方腾霄笑笑又朝十几只天街岩羊笑笑然后分别跟大家说起了话。老人跟我俩说话时用慈祥目光亲吻着那十几张被绒毛包裹着的脸跟它们说话时则同样拿眼亲切抚摸着我和方腾霄的面孔好像我俩和这些天街岩羊以及他本人是从小一道长大的人类伙伴。

老人说嗨你们挤一挤挪点地方给两位客人过夜好吗。

十几张脸唔唔叽叽用人的声息回复着老人。

当天我和方腾霄住在棚屋面对升腾篝火听老人聊了大半夜说的几乎都是这些天街岩羊。老人说普天之下只有天街村才有这种岩羊，它们生于天街长于天街没有一只离开过天街而天街村的老人孩童妇女离开它们便寸步难行。老人说，天街村从不宰杀岩羊它们就是天街村人像人一样生老病死最后入土归位葬在紧靠人类坟墓的地方。

老人说天街村横亘云霄只有巴掌大小寸土寸金啊可人们还

是挤挪土地专门安葬岩羊。

他说那是从古至今几千年传承下来的叫羊冢。

黑暗被天光拿刀割出第一道缝隙时我和方腾霄顶着凛然凉气踏进剑劈陡崖峭壁朝天街村进发。两个人两只羊。方腾霄在前我在后。我俩把天街岩羊长过身体蜷成巨大绒团的尾巴拉放开来拴系到腰间双手握紧磨有硬茧的根部再躬身曲腿变成一副足力拉张蓄势待发的弓箭。老人问我和方腾霄好了没有我俩说好了他便朝两只羊说了声嗨走吧。

老人说嗨——走——吧。

我身子一紧把命交给面前这只天街岩羊跟它走。我今生今世从未见过羊用这种姿势走路。它举起四蹄一寸一分敲打着崖壁天然裂缝形成的三尺石道发出不急不慢叮叮笃笃脆响就像八九十岁的石匠举擎锤凿从容不迫收拾料石让春夏秋冬四季枯荣让少壮老病一生时光让盈亏赚赔眨眼衰荣让一切人世烟尘随着铁石交击散漫化解飘扬流逝。我肉身灵魂压缩成尖锐一点随它而去。天地瞬间倒置盘旋跳荡。穹空急促跌坠轰然扣压。崖壁倏地坍塌石掩土埋。我跟着天街岩羊走进剑劈陡崖就像走上了外婆说过的鬼关冥道。外婆说走过那儿就喝了迷汤头昏脑涨茫茫然记不住往世今生然后再世投胎啦。我问既然喝汤迷魂忘了一切那鬼关冥道听谁所说从何而来。外婆说确凿有人走过记住了它并告诫世人啦。我问这个人凭什么？外婆说就凭啊怦然一念罢了。

外婆说就凭怦然一念。

外婆说人想穿了搁下了就什么都不怕啦。

外婆说，秋丫头，人生一世草木一秋，不要害怕不要错过。

我相信外婆化身为我这才平安穿插了那座绝世天险。当我和方腾霄耗费大半天时间透过朝阳夕晖披着最后一缕霞光走过崖壁从天街岩羊身上收回了自己的命魂时阵阵唔唔叽叽如同人息的羊声簇拥着扑面而来，十几张深陷在颀长绒毛中岁月蚀刻的脸后面又冒出了一张真正的人脸，是我上次在镇上见过的天街村村长。

天街村村长最初一刻把方腾霄当作了余天民。方腾霄说错啦。村长说你没错是我们错啦你是铁语铜言铿锵作响我们竟然小人贼心无端猜疑，这是天街村人从古迄今第一次不相信天街村人哪我这个当村长的要在你跪誓的石碑跟前扑通认错啊。方腾霄说错啦。村长说你没错啊。方腾霄说错啦真错啦我叫方腾霄就是从小送在姑妈家长大的那个双胞胎弟弟，几个月前一道来过天街村，现在想起来了吧。

村长愣怔恍然点点头问起了余天民。

方腾霄说他有重要事情一时半会儿脱不了身。

他说嗯于是我俩来啦。

我和方腾霄用足两夜一昼纵情亲吻了深藏云空隔绝人世的天街村一砖一瓦一草一木一泥一水一肌一肤全部躯体。我俩挨门逐户叩访每一位村民实地勘察每一块水田旱地双脚走过每一条田埂两眼扫视每一片山林俯身琢磨那条神秘怪异青条细砖残街尽兴捧喝百年盐井千载塘水虔诚瞻仰人类墓地岩羊坟冢以及余天民蘸血跪誓的那座石碑。

在此期间，方腾霄曾经说过的一句话在我耳边重复回荡响遏行云。

方腾霄说你都一眼望穿没有秘密啦。

他说往下没有任何秘密啦。

天街村人把父母骤然逝世的双胞胎中的弟弟送给山外姑母留下哥哥余天民抚养长大送进只有一个老师两个学生的本村学校就读。出身天街村的老师年衰辞世前两个学生亲口誓言出山不负师嘱完成学业，他俩走过剑劈陡崖松开岩羊尾巴之际余天民被山风打个趔趄，身后同学舍身搀扶随即跌落崖底尸骨无存，余天民当天回返天街村面对祖先父母恩师同学亡灵面对乡亲山林田土水塘盐井残街人墓羊冢朝村中那座神圣石碑扑通跪倒割血写下一个誓字，他承诺大学毕业八年之内打通剑劈陡崖开辟一条通衢阔道让天街村连接外面的世界让它真正从云端降落回归人间。

真的没有秘密了。就像嚓啦一响撕破了覆盖在传奇故事上的窗户薄纸将其中所有的弯曲转折都一眼望穿啦。

余天民逐渐清楚那是一笔天文数字，这才明白早年曾偶有官员进山当众承诺事后反悔酿成空话假话此后近二十年无官再敢哪怕远眺天街村一眼，可他决心兑现誓言本硕连读，毕业他去南方，前两年历尽坎坷卖报纸送牛奶擦皮鞋捡垃圾做门房，第三年运气转好蓝领灰领白领，第四年返回北京创业年底遇挫亏损，第五年他无意中得知DAA跨国集团以极低成本极高盈利在中国大陆偌大市场就像蚂蟥贪婪嗜血赚得盆满钵满于是心中怦然一念萌生去姑母家寻找从小失散攻读影视表演兼修编导的双胞胎弟弟重返天街村，并说动弟弟联手上演了一幕为DAA跨国集团当SPY打假弄来那笔确实属于天文数字的巨额奖金作为打通剑劈陡崖的专款，由方腾霄亲手以余天民名义汇到了辖管天街村的镇上。

正像外婆说的，就凭心中怦然一念。

传奇故事中孪生兄弟见面时曾有异议。弟弟说不就一句话嘛就当没说就当是假的就当它是空气犯得着如此押赌廿年铁窗半世前程吗。哥哥说天街村人话一旦出口它就是魂就是命就是他的一生你跟我到那儿走一趟就明白啦。弟弟跟着哥哥亲历天街岩羊天险绝壁田地山林水塘盐井残街人墓羊冢最后目睹那座村中圣物石碑上蘸血写下的誓字，他心中顿时无端升腾而起怦然一念。

是的，怦然一念。

从踏进天街村到离开我不止一次都在想，嗨怦然一念。

我俩告别时天街村村长再次问起了余天民。

方腾霄看我我看方腾霄他又看我我又看他最后两人一齐应答。

我俩回答他有重要事情一时半会儿脱不了身哪。

我和方腾霄齐声说嗯于是我俩来啦。

我们依旧顶着夜空裂泻而下的第一道天光穿插剑劈陡崖。方腾霄在后我在前。两个人两只羊。划过绝世险壁的那条白线两头各有一群天街岩羊。我拿不定是先前两只还是另外两只。我俩再度置身鬼关冥道经历天地倒旋穹空翻转崖壁崩裂花大半天时间透过朝阳夕晖披着最后一缕霞光回到了突兀在千岩万壑的那道缓坡。像极了人声刻意模仿的唔唔叽叽岩羊吟唱犹致欢迎词咿呀前来。就是那个瞬间方腾霄在我松开天街岩羊长过身体的尾巴看着它蜷回一团绒毛时开口说话了。

他说你看见头顶那根钩子一样的石柱了吗。我说看见了。他说你抓紧它了吗。我说抓紧了。他说你真稳住身子了吗。我说稳住啦。他说好吧回头看吧。

方腾霄说喏他就走到这儿被山风打个趔趄幸好同学舍身搀扶才算获救。

方腾霄说那个同学摔跌谷底啦。

他说看哪就是这儿。

方腾霄说着抬脚将引领他走过险壁的岩羊踢下了悬崖。

他奋力一脚将那只岩羊踢下了悬崖。

我挣脱深渊无尽吸力稳住魂魄目睹岩羊折身而下在一道石壁撞飞了一只角再反弹在另一道石壁撞飞另一只角然后直落崖底留下一串我认定不是羊叫绝对是人声的凄然惨响。

我说方腾霄你疯了吧。

方腾霄说我是疯啦。

他说你刚刚目睹我把一只天街岩羊踢落悬崖啦。他说天街岩羊在天街村不是羊而是人像人一样生老病死然后入土归位葬进跟人墓并列的羊冢啊。他说请你作证我欠了天街村一条命啦。

他说请你作证。

他说我欠了天街村一条命。

他说嗯我欠了命就得留在这里。

他说你得独自回家啦。

他说我得留下等着绝壁天险变成通衢大道那一天啦。

我第二天平安返家。

我双脚跨过门槛劈面撞见我男人万善庆像瞪视陌生人朝我木然呆愣才想起几天前关闭手机忘了发个短信。

我打开手机，吃早饭吗吃中饭吗吃晚饭吗加上一长串惊叹号吱吱乱叫接踵而至堆砌如山。

万善庆侧耳倾听吱吱响声似乎弄明白我是谁了。

他说我想起来啦。

他说你是秋菊。

他说全世界都叫你秋菊。

我说万善庆你疯了吧。

他说我是疯啦。

我男人万善庆说着两手一抄一捞将我高举头顶冲进房间掼在床上咔啦纽扣粒粒迸飞嚓喳内衣片片裂碎。接着，他扑身张嘴扫射出无数秋菊秋菊秋菊秋菊啊秋菊啊啊秋菊啊啊啊啊啊啊啊将我霎时淹没。

第四部

秋菊杀人

太阳好得差不多了。何碧秋弯腰薅拔麦地里雨后蔓生的杂草，看看八九不离十。她转头望见丈夫万善庆在田埂上焦躁成一只热锅上的蚂蚁，便将手上拾掇干净，一道回家取了银行存折，动身出门。

万善庆送了几步，说："也不要怪我接二连三催促你，主要是个怕字。只因银行小笔存款倒扣年费，我们得到信息太迟，这十多年下来，恐怕早就蚀耗倒亏，成无底洞了！"又说："掰起指头算算，这一大笔钱，若是扔进水库里，还听得见一个'扑通'响声，可它却人不知神不觉，从口袋里被白掏了出去，闷声不响归了别人，想想这颗心也真气煞了。"何碧秋听他说个没完，出口制止道："你说了千遍万遍，耳朵早磨出了老茧，此刻哪怕上天入地，翻遍古今全书，也是一个'晚'字。看你这张脸，急得倒像赶……"

说到这里，赶紧把嘴巴收住，又往地上呸了一口，拔腿赶路。

一路换了两趟车，跟县城擦肩而过，到了市里。转弯抹角，到了地方，那栋房子依稀眼熟，只是找不着门了。走进路边一个面店打听，回答说：“你是十多年前来的吧？”看何碧秋脸上奇怪，解释说：“这家银行大门最早是这里，过几年转到侧面，再过几年，又开在背后，如今也有六七八年了。”

找过去，看见门堂十分敞亮，两个保安笔直站成两尊门神。大厅里挨排几支队伍。何碧秋拿眼量了一量，拣最短的站过去。原来业务十分繁忙，将近下班，才算轮到。何碧秋把存折掏在手里，听见耳边一阵风刮过，跟着掠过一个身影，抢插在窗口。抬头细看，是一个中年妇女，头上发型精心梳理，全身褂裤式样新颖，料质更不是乡下常见的。看她身材，想是吃得太好，发福得略有些臃肿。再看她脸上，虽然是细皮白肉，估算年纪也在五十三四。只见她脸上堆满的，都是一个急字。

何碧秋转看身后无人，就把跨出去的两只脚收住，不跟她计较先来后到这个理了。原来营业窗口里坐着的也是一个妇女，见外面顾客着急，便转过身来接待，不承想肘弯一扫，将桌上一样东西碰落在地上，听见一串咕噜噜响动滚向最里边。于是俯下身子去找，再三再四找不着。外面妇女急了，先拿手敲了两记，又催促几声。外面越是急，里面越是找不着。几个回合下来，外面已是忍无可忍，往窗台上敲成一片声响。那女营业员好歹将一颗脑袋从桌肚里挣扎出来，脸上头上挂着丝丝缕缕，都是灰土。听她嘴里嘀咕一句：“急得倒像赶杀似的。”手里接过存折看了一眼，又看了一眼，说了一句话，将存折递还出来。那外面妇女也说了一句话，将存折再送进去。那里面把存折重新递了出来。又是几个回合，双方隔着玻璃争执起来。

何碧秋侧耳细听，慢慢懂了。里面女营业员说取款数额太大，必须预约，不能临时提取。外面取款妇女说碰上大事，十万火急，要她立办。如此三番五次，双方都不肯让步。何碧秋上前劝了几句，劝不下来。那女营业员倒还和颜悦色，取款妇女脾气一点一点毛躁起来，竟像是拼命往自家身上浇泼汽油，熊熊怒火越烧越旺，话茬也越来越偏离主题了。一个说不要说她，哪怕走遍天下任何一家银行，谁都无权一时三刻取这么一大笔钱。另一个说，对方明知快到下班时间，存心拖延，把别的银行也耽搁了。

话锋左旋右折，纠缠到那一句嘀咕上来。一个承认确有这句话，却是自言自语，不是针对她。另一个则一口咬定，凭空撂出这么一句恶话来，正是故意诅咒她的。

几番交锋，那取款妇女眼看没有转圜余地，头发直竖起来了，说：“最后再说一遍：帮我办了这笔款，万事皆休；若是不办，就不要怪我了。”女营业员反问道：“又怎样呢？”取款妇女磨砺牙齿说：“此刻是我求你，只怕我出了这个门，你总要反过来求我，难保你不磕头作揖，五体投地，痛哭流涕——到那时候，后悔晚啦！”

撂下这句狠话，夺门走了。

说话间已到下班时间，另几个窗口关闭了。何碧秋看见女营业员招手，赶紧递进存折，说了前因后果。女营业员这时情绪平静下来，开始慢声细语说话，告诉她原本理解错了，其实不碍事，更不用倒扣巨额罚款。不过三言两语，先前的担心云消雾散。何碧秋心里感动，再三道谢，想到刚才那顿恶吵，不免又安慰几句，告辞出门。

安顿住下，晚饭就近去那家面店，要了一碗盖浇面。才吃几口，对座来了人，看看眼熟，正是刚才的银行女营业员。原来眨眼之间顾客多起来，只剩这个空位。互打了招呼，何碧秋奇怪道：“想你应该下班在家，却在这里碰上了。”女营业员说：“一个人憋闷在家里……”话到这里打个翻滚，改口说：“住在邻近，这里的面特别有名，顺便来吃一碗，消消肚里的一口浊气罢。”

何碧秋再劝几句，女营业员说：“你还不知道，刚才一顿啰唣争吵没有完呢，我被部门主管叫去，狂训了个狗血喷头！”何碧秋安慰说：“吵也吵了，训也训了，都丢在一边去，不要想它，更不要积压在心里，也就算过去了。”

一番话灌进对方耳朵里，不见脸色化开。女营业员忧虑说：“也不知是主管听见争吵，例行公事，还是那个取款的人告状。”何碧秋问：“管它呢，都过去了呀。”女营业员说：“哪里过去了——若是前一个，倒还罢了，不过罚扣当班补贴；若是后一个，就不知深浅了。”何碧秋问：“到底怎样呢？”女营业员说：“至少当月奖金泡汤，还要被记下污点，年度奖还有减损——这还是浅的，那深的是没有底的。”何碧秋质疑说：“总该分个谁对谁错吧？”又劝道：“想必是前一个，后一个不会这么快吧。”

看她神色凝重，何碧秋赶紧转移话题。因要排解对方心绪，特意重提小额存款倒扣年费的事，将过程细化开来慢慢说，无非是说十多年前来办一件大事，怕身边一笔钱有闪失，存了活期随用随取，存折账上不过剩几块钱，前天翻晒箱底突然看到它，又恰巧看电视新闻播报银行小额存款要倒扣年费，掐指一算，十几年下来，日积月累，竟是一大笔数目，真正吓得不轻。

说到这里，看她脸上和缓了，又说："多亏你和风细雨一番耐心解释，才明白是一场虚惊。"女营业员听了，浑身上下特别受用，嘴里说："不客气，碰上别人，也这样的。"

觉得双方有缘，主动报了姓名，叫吴维丝。何碧秋也说了名字。两人吃完面，到门口分手，往前走了一阵，发觉吴维丝尾追上来，原来还是放不下担心。磨蹭一会儿，把话直说出来，问何碧秋明天能否晚走片刻，拐个弯到单位作个现场见证，亲口叙说一遍，也许能帮她澄清责任。

何碧秋听了，并不算难事，点头应允了。

第二天等到上班，找到那位主管，详细说了过程。那主管没有拿笔记录，只管用耳朵听，脸上淡淡的，既不问答，也不说对错，态度还算平和。何碧秋说完下楼，将经过情况复述给吴维丝听了，见她脸上还有内容，想了想，明白了，说："我回家再写一遍，寄给你，你递呈上去，请他们存档备案，无须忧虑了。"

何碧秋披着一天云彩往回赶，到了家里，天空厚重得像是锅底，又涩又沉，那架势差不多压着地了。感觉空气哆嗦起来，人身上肉紧了。过了午后，漫天飘起了细碎雨粒。加了一件夹袄，取出纸笔，把在银行目睹二人争执经过写了下来，拿眼默读一遍，斟酌删减了词句，纠正了两三个错别字，誊写清楚了，签字画押，糊好信封，让万善庆亲自跑一趟，从镇上邮局即刻寄了出去。

万善庆归家已近傍晚，说：“恰巧赶上最后一趟邮班，想必明天这封信一定到她手里，用作凭证，就不怕了。”

在门口把脚跺了几下，又说：“外面飘雪花了，几户种茶的，全家出动，急火燎毛往茶园赶，从老天爷手里抢摘嫩芽呢。”何碧秋说：“我正要商量这件事。这几家三五年前改种了茶，得了风气之先，也尝到了甜头。我们恐怕也该动起来，跟进才好。”

万善庆听了，忧虑说：“改种茶呢，甜头明摆着，担惊受怕也明摆着。”话题转到去年一场倒春寒雪，糟蹋了新崭露的茶芽，损失不小。何碧秋反驳说：“去年是百年一遇。俗话说‘春雪如跑马’，眨眼之间就融化了。就说眼前飘的雪花，能不能持久，是不是一场真雪，还在两可之间呢。”又说：“上午我从银行替吴维丝作证出来，拐个弯去市里一个专门机构咨询了种茶，等三五日天晴下来，还要往市里走一趟呢。”

吃过晚饭，雪花果然变作水片。天亮再看，雨停了。不过连阴了两三天，放了晴。何碧秋跟万善庆敲定一番，动身往市里来。

下了车，口袋里忽然一阵吱吱乱叫，是手机铃响。只听一道锐利女腔划破了路边嘈杂人声。到了僻静处，听明白了，是吴维丝。

碰了面，见吴维丝脸上肿胀，几天没睡觉的样子。吴维丝说：“连打你两天手机都不通，这会儿通了，没想到你到了市里——那件事根本没完，天都要塌了。”何碧秋说：“不至于吧，两人拌几句嘴皮子，芝麻绿豆罢了。”吴维丝声音里有了哭腔，说：“昨天找谈话，宣布当班补贴、当月奖、年度奖，一概扣发，还把岗位给暂停了——要不然我还在班上，没空站在这里说话——这也还是个开头，不算结尾呢。”

何碧秋奇怪道：“难道那封信路上耽搁了，没到你手里？”吴维丝说：“还说呢，信是收到了，不喘气便转递上去，还是喘口气间隙，反驳回来了，说信来历不明，况且由我当事人转交，不算数的。”何碧秋说：“也有他的道理。”又怀疑道：“难不成因为递信方式不妥，招致了嫌疑，成了加重处罚导火索了？”

便说：“恰巧我来了，正好再找一趟，这次必定请他拿笔记录，当面锣对面鼓，把事情澄洗干净，相信能旁证出原先的处罚过了头，把真相扳回来的。”

见了主管，那张脸上不再淡了，问何碧秋说：“你是她什么亲戚呢？”何碧秋说：“你误会了，不是亲戚。”主管问：“你俩认识多久了，恐怕不会少于三年五载吧？”何碧秋说：“你又误会了，在此之前，我跟她哪怕迎面撞个跟头，也八竿子打不着的。”主管说：“想必出事之后，她对你有所请托，一顿饭总该有吧？”何碧秋说：“倒是同桌吃过一碗面条，却是各付各账，而且是我在先，吃了两口，抬头看见对面一个人依稀模样，想了一想，才记起是刚才银行窗口打过交道的。”

话到这里，品出火候不对了，何碧秋说：“我是来作证，并不是自身犯了案，况且你又不是执法人员，倒像是在审讯我，真教人弄不懂了。”主管说：“我还弄不懂呢。上次你说住在偏远乡下，被一座水库隔在三省边界，来一趟市里要翻乡越镇过县，很不容易。这次你又说不是她亲戚熟人，是萍水相逢，却特地大老远的跑过来，想把这样一桩尤其敏感尤其复杂的事情，扳转它的方向，倒也让人大开眼界呢。”

何碧秋听了，明白碰在石头上了。看他那张瘦脸下方挂着的铭牌，其实是个副主管。便出门沿走廊找到主管门牌，走进去，见一个人坐着，脸上身上腿上肉嘟咕出来，还腆着肚皮，整个一座弥陀佛像。神情还算温和，也能听她说话。将事情提纲挈领，说了个概貌。胖主管正要开口，有人进门，却是刚才的副主管，惊讶说："我以为早走了，原来到了这里，想必是打算把一颗头颅瞄准南墙，直撞到底，不怕头破血流吧？"

屋内气氛顿时阵阵噼啪作响，胖主管赶紧咧开两瓣嘴唇，和了一阵稀泥，把双方情绪抚降下来。慢慢劝何碧秋说："你也误会了，他惯常这样说话的，并不针对你一个人，也没有恶意。只因事情非同小可，不想你平白无故被挟裹进去，也是为你好。"副主管插嘴说："我想说一句话。"何碧秋说："说吧。"副主管径直说："凭我们两个，好歹是个中层领导，属于实抓直管，手里权力说大不大，说小也不小，同类事件往常直接拍板定案的，这一次都无力回天，何况你是一个僻远乡下的农村妇女——听了这句，恐怕又怄气吧？"何碧秋被他一戗，反而不气了，说："我也想说一句话，只怕你胸闷呢。"副主管说："说吧，听着呢。"何碧秋说："是我们乡下老人讲的，叫'尖嘴猴腮，言辞刻薄；圆身胖脸，弥陀佛缘'。这句滋味怎么样呢？"

屋里静了片刻，琢磨出味道，迸放一阵阵哈哈嬉笑，把空气稀释下来。胖主管趁机解释道："扣掉各种奖金，暂停岗位，朝她头上连续套了这几道金箍，乍看是重了，是尚方宝剑，是惩罚她，让她吃了冤屈。往深处剖解事情的尖锐程度，实际是轻的，是挡箭牌，是保护她，帮她蒙混过关呢。”

何碧秋把话仔细咬嚼，疑问道：“照这番话，我和你们两位，方式、角度、标准不同，但出发点、方向、目的都一样，是为她好的了？”见他二人点头，便说：“既是这样，我倒有几个提问了。”

何碧秋问道：“摊开这场争执，要害是临时提取那一大笔款项，不要说她，若是放在你俩，有没有这个权，敢还是不敢呢？”二人回答说：“既无权，也不敢。”何碧秋说：“再说吵架。虽说一个巴掌拍不响，可据我亲眼实见，别人是步步追逼，她是步步退守。别人嘴里字字句句都是硬的，是刀枪棍棒，她嘴里字字句句都是软的，是铠甲藤牌。你俩来作评判，是谁跟谁吵架呢？”二人回答说：“当然是别人跟吴维丝了。”

何碧秋收敛声腔，正言道：“清平世界，朗朗乾坤，干吗不直截了当、仗义执言、直面真相呢？”

听她说得大义凛然，两个男人震慑住了。一道转进一个小会议室，再叫一个年轻人专门记录，静下来听何碧秋从头至尾说了一遍。又提拎出吴维丝的那句嘀咕，摆放在桌面，着实研讨一番，看看到底算不算一句咒语。何碧秋作结论说：“一句大众顺口言辞，当不得真的。”再举自己丈夫万善庆当活靶实例，一番解释，让二人放下悬在心头的疑团。

送出门外，胖主管感叹说：“若不看衣着打扮，不看你脸上泥土气息，光听言论，谁会相信你住在偏僻乡村？”副主管表态说：“我俩肯定尽力而为，却不敢揣摩压不压得住这局险棋——论胆识你倒是令人钦佩的，只可惜身份……”胖主管赶紧说：“皇帝还有几个穷亲戚呢，任何人拐弯抹角，也许藏有真人侠客，说不定的。”

把话头拦腰截断了。

安慰吴维丝，见她胆子早破了，只管嘟囔：“早知如此，哪怕她拿刀砍在脖子上，任凭鲜血流淌，也不敢回嘴喊疼的。”又说：“她最后扔下的那句话：‘只怕我出了这个门，你总要反过来求我，难保你不磕头作揖，五体投地，痛哭流涕’，现在回头想起来，刀光剑影，胆战心惊哪！”何碧秋劝喻说：“这世上什么方剂都有，就是没有后悔药——何况错不在你，也不要怕，我既然两只脚站在了水里，就不怕它深浅了！”

与她分手，边走边想，感觉胖主管的提醒也是一条路径，不免梳理当地有分量的人物，市长方昭耀名字跳了出来。在心里掂量，同是上届全国人大代表，印象中人很温和，性格也不算张扬。却拿不准为一个普通职员，惊动当地政府一把手，犯不犯忌讳。回想吴维丝一只惊弓之鸟，顾不得了，打定主意见一面，相机行事。

到了市府，被挡在门卫室跟前。何碧秋见怪不怪，早就轻车熟路了，说："烦请给方昭耀市长秘书打个电话。"把这句话连同自己名字，一道扔进窗口。过了片刻，里面反馈说，方市长不在，去省城党校了。

何碧秋听了，脑子一紧，又挤压出来一个名字，是人大办公室干事，叫周维乐。上届全国人大会议时，被抽调去北京帮忙做工作人员时熟识的。打通电话，这边刚放行，周维乐已经接在楼梯口了。

寒暄几句，转到正题，周维乐问："到底得罪了什么人呢？"何碧秋说："只说来头很大，两个主管倒说不出详情。"

顺水推舟请周维乐过问。周维乐为难道："现在万事万物走市场，政府与银行两股道上的车辙慢慢分离开来了，很少交叉重叠，我这种岗位，分量是不够的。"想来想去，再人托人，找到那家银行内部的一个员工，却是新近聘用的，资历比吴维丝还浅。试着探查情况，电话里一阵唔唔啊啊。周维乐转述说：“确实非比寻常，而且神秘得烟雾迷茫，不要说那两个主管，就是他俩的顶头上司，恐怕也摸不清来历呢。”

只能等方市长回来再说了。何碧秋问：“社会上传来传去，说进党校等于提拔，时间长短又有讲究，方市长想必也要升迁了？”周维乐把手直摇道：“这是老皇历了，情况早就千变万化——就目前的行情，从真人活例来看，进党校实际结局有三种：一种提拔，一种例行学习，另一种却犯了事，导演一出调虎离山空城计，再隔水开炮，借机查办他呢。”

婉转口气又回答说：“——方市长是三个月短期，应该是第二种，也不排除是第一种，——当前并没有风闻他的蛛丝马迹，肯定不属于第三种罢。”

与他分手，把心思转到种茶的事上，再次去把几个疑难咨询明白了。求教完毕，又往头脑里反复排查这座城市的熟人，有几个离开了，有几个印象模糊，只有店主老孙飘浮在脑子里。也记起他的好来，虽是民间身份，十几年前那场官司，幸亏他走底层路线，多方出谋划策，又打探出各种路子，转折回圜，最终得了胜算，真正功不可没。想到这里，觉得化解吴维丝天大冤屈，更少不得他的鼎力相助。

距离并不太远，一路找过去，当年的简易客店早变作一堆高楼耸在半空里。大门处保安听见名字陌生，建议向草坪上锻炼的几位回迁老人打听。也还有人记得，说了下落。循着指定路线走了一圈，发现兜回来了，却是银行旁边那家面店。

抬头细看，只见招牌上“秋菊故友”赫然在目。进去打听，遇上一个特别能说的，回答道：“孙董事长到外地洽谈业务了。”又解释说：“我们孙董事长的名声，并不像一些世俗名人，全靠故意炒作得来的——想必你也清楚，还在电影《秋菊打官司》没有拍摄之前，他老人家跟秋菊原型人物，共同参与那场轰动天下的官司，是真正的患难之交。”又宽慰说：“我们孙董事长虽然有名，可做人依旧朴素亲和，既不讲究身份，也不高摆架子。惯常遇上你这类慕名来访的崇拜者，签一个名字，或是合影一幅照片，也并不是难事。”

何碧秋不再多问，要一碗面吃了，起身回返。

到了家里，万善庆听了，评判说：“照这么说，那吴维丝是一只鸡蛋，那取款妇女是一块石头，她两个‘砰嘭’撞在一起，吴维丝难免粉身碎骨——无论如何，也得帮她一帮！”何碧秋说：“我先去说动了两个主管，又试找了上层，再打听了下层，这三条路线，虽说没有即刻打通，却都全做了铺垫，早晚会起作用的。往下，不妨顺其自然，走一步看一步吧。”

将吴维丝丢在一边，来说自家种茶的事。何碧秋说：“顶尖名茶有西湖龙井、苏州碧螺春、黄山毛峰、福建大红袍四种。”觉得杭州只隔几道山水，咫尺之间，环境水土的差别不是太大，若引栽原种，是多是少，也能讨巧沾光。斟酌定了。

天亮动手，将自家山坡剖开，往下不过对照栽培要点，循章做事。喝了几口水，擦了几回汗，太阳升在头顶了。忽然看见万善庆目光渺茫，顺眼过去，远处一个黑点疾奔而来。慢慢看清是一个人模样。到了近前，是个妇女。看出了来人的焦急，两只脚就像是拌搅荞麦面糊，划甩个不停。到两三块田远近时，脚底一绊，翻跌出一个跟头。爬起身，顾不得掸抖泥土，抢到面前，听见“扑通”一响，直挺挺地跪下了。

何碧秋看看眼生。等她把满头散发推开，露出大半张脸，还是半生半熟。再看一眼，有点约绰影子了，疑问说：“想必你是吴维丝的姐姐吧？”地上叫道：“我是个孤儿，哪有姐姐？就是我本人，吴维丝呀！”

扶她起来，说：“急不在一时，喘口气再说。”吴维丝哭腔说：“打你手机不通，上次是天要塌，这回天已经塌了呀！”

何碧秋解释说："农村不比城市，土里刨食，赚钱不易，我出门在外才开手机呢——害你大老远的，翻乡越镇过县，从市里亲自找到村里来。"

细问缘由。吴维丝说："我被除名了。"何碧秋不信说："你弄错了吧？"吴维丝说："怎么会错？都下了正式红头文件，白纸黑字，铁板焊钉啦！"

又说："我宁死也不服这口气！可是，除了你是独一无二的现场见证，凭我自说自话，漫说跳进黄河，跳进长江，哪怕跳进汪洋大海，也洗刷不清了呀！"

何碧秋听了，头皮一奓，一股热流从头到脚，再从脚到头，往全身膨胀起来。嘴里说："怪不得看你分手才几天，人苍老了好几岁。说那自古伍子胥昭关愁杀白头，你比他也好不了多少呢，一头乌发，转眼之间挂满霜花了。"

关照万善庆几句，陪吴维丝直奔市里。下了车，心潮平静下来，在肚里策划好先后方案，让吴维丝先走，转往市府大楼找周维乐。

说了一遍，周维乐说："看来不用铁砣，是压不住这杆蛮秤了。说来也巧，今天大早有人看见方市长阳台窗口露过一个头，依稀像是他本人。"见何碧秋动身去找，拦住说："还在学习期间，趁着空隙回趟家，是不可大张旗鼓四处张扬的。况且还不知是真是假。等我悄悄访一访，等核准了，回头听我电话吧。”

找到副主管，一张瘦脸变长了。带到胖主管屋里，弥陀佛脸耷拉着。两个人带她去见另一个人，是分管纪检的班子成员。想必两个主管也还心存怜悯，介绍完毕，把身子坐稳，一道听她来说。

何碧秋把当天的争吵重复说一遍，肚里憋着气，说着说着，那声腔迸裂开来，自己也按捺不住它。恰像煽风点火，弄得满屋子烟雾缭绕。那管纪检的虽有城府，也煎熬不住了，脱口奇怪道：“既不是吴维丝亲戚，也不是她熟人，更不是内部员工她同事，却像是八部巡抚钦差大臣，来替天行道，三堂六审，稽查大案要案似的！”

何碧秋说：“你是疑惑我的身份吧？你听着：我虽然住在乡下，是个普通农村妇女，却是一个公民，并没有被剥夺政治权利，有资格说话的，这是一。我是客户，你我双方前几天还发生业务，有权对你银行说三道四，这是二。那场争执我亲眼实见，是现场证人，有责任有义务把颠倒了的真相，重新颠倒过来，这是三——我只说三点，你若批驳倒了呢，我刚才都是耳边风，你就当没听见，而且我即刻紧闭这张嘴，不再说了。你若批驳不倒呢，我还是要往下说的！”

直戗得管纪检的脸通红，把嘴巴张了又张，说不出驳词，只好听她说。把话说完了，看那管纪检的想了一会儿，像是搜括到了一个把柄，也不明说，只管扔出一句藏刀夹剑的话来，笑道：“这世上满口饭好吃，满口话却说不得的！”

听他话里有话，不妨明挑出来。何碧秋说：“处罚一个人，要害在于有错无错。就拿你作例子，比如说，那天不是吴维丝，而是你本人，正在窗口值班，来了一个人，要午时三刻提取那一大笔款项……”管纪检的截断说：“我说的不是这个。”何碧秋追问道：“又是哪个呢？”管纪检的说：“你自始至终，说得有详有略，那详的都是有利的，那不利的地方，恰恰被你删减掉了！”

这才捅到桌面上来，锋芒所指，正是吴维丝的那声嘀咕。

何碧秋也笑道：“原来竟是这句啊。”管纪检的揪住不放道：“你说得水漫金山，空隙不留，却漏掉了这个关键的关键——我倒有个提议，烦请借你这利嘴锐牙，把吴维丝那句嘀咕，当众重复一遍，如何？”

何碧秋说：“当时她肘弯拐落了东西，低头俯身怎么也找不到，外面却百般催命，心里着急……”管纪检的打断说：“背景不必啰唆铺垫了，还是那句嘀咕，原汤原汁，直说吧。”何碧秋说：“也罢，她嘀咕的是：‘急得倒像赶杀似的。’……”

管纪检的叫了声“好”，催逼道：“一客不烦二主，还是借请你的嘴巴，再把它详细拆解开来吧。”

何碧秋有些明白，并不作规避，说：“直白的字面意思，是说急赶着去被杀头。”管纪检的笑道：“我倒要请教了：有人急要取款，严守规章不用质疑，却说人家赶着去被杀头，竟还有人奋不顾身替她打掩护，说不是错。走遍天下，没有这个理吧？”何碧秋听了，忍不住笑起来，说：“不用走遍天下，就站在眼前脚下——”

说到这里，下班铃声响了。何碧秋婉转口气说：“听你口音，是个外地人，或许还是新来乍到的。今天你我针尖麦芒，不是对话的气氛，不如大家喘口气，心境平和下来，容我作个解释，这句嘀咕是不是错，最终由你拍板定案。”

转来吃面，碰见上次那个特别能说的，说：“你今天赶巧，孙董事长在呢。”拉去见了面，那特别能说的又说：“《秋菊打官司》这部电影，虽是张艺谋拍的，巩俐演的，其实远在没有电影之前，我们孙董事长就……”店主老孙喝道：“呸呸呸，关公面前舞刀，阎王殿里判鬼，说嘴打嘴呢！”笑了一阵，不免怀念当年几个旧人，说：“吴律师一举成名天下知，当选首届十佳，早到北京发展了。严局长也离开公安系统，升到省城若干年了。”感叹一番，见老孙那张脸宽展了许多，五官肌肉也松弛了。

说起吴维丝的冤屈，老孙评判说：“俗话说‘大鱼吃小鱼，小鱼吃小虾，小虾吃泥巴’，虽然是亘古不变的生命链，可万事有个限度，不过嘴巴跟舌头碰了几下，又不是光天化日抢劫，更不是上风杀人，下风放火，扣奖停岗，已经做过头了，却赶尽杀绝，砸人饭碗，断了人的食路，岂不无法无天！”拍着胸脯说：“当年承蒙沾你雨露阳光，把事业慢慢做到今天这个地步，社会上都承认我名字。这银行因离得近，隔三岔五来人吃面，一幢大楼从头到脚十分熟悉，上上下下，张口就可以说话的。我即刻走一趟，不用三下五除二，其中曲折弯转，必然打探得一清二楚。”

这边何碧秋吃完面，那边老孙回转来了，脸上神情朦胧。先说这桩事件的源头：“真是招惹了凶神恶煞，来过一个神秘电话，拍板定案要把吴维丝除名，电话是行长接的，恰好出国访问，就转交给副手来办。最初中层有些反弹，弄了扣奖停岗这些假打真保的手段，想帮她蒙混过关，力道不够，反复顶不住，还是下了红头文件。”

再说吴维丝：“有空没空，时常也来店里吃一碗面的——是个苦命鬼，自幼失去双亲，中途婚姻波折，孤家寡人多少年，所谓人走霉运，性格偏离，与大众日常相处，并不十分合群融洽。可她本性倒还善良，不像个张牙舞爪的。”

又劝何碧秋不必回返银行解释那句嘀咕，说：“他一个新来的外地佬，听不懂方言，闹出笑话，随他去罢。隔天我略微点拨他几句，代为解拆清楚，犯不着你屈尊大驾，亲自开口。”又说：“何况不过一个管纪检的班子成员，从眼前情势来把握，即便他的顶头上司，分管副行长，甚至行长，怕也做不了主。解释给他听，也是枉费口舌。”

就此探讨那个取款妇女，到底有多大来头。老孙安慰道：“不用担心。世上一物降一物，她是小鬼，就找阎王；她是阎王，就找玉皇大帝；她是王母娘娘，仰仗玉皇大帝包庇，还有西天如来佛祖呢。”

提起方昭耀的名字，老孙说：“县官不如现管，方市长是当坊土地正神，就像古代的一方诸侯，上马管军，下马管民，什么都握在手掌心里，只需叠起两瓣手指头，轻轻一夹，就捏得她粉身碎骨了！”

何碧秋等不到周维乐电话，主动打过去，周维乐说：“正要给你打——有些环节，电话不方便，见面详说吧。”

见了面，周维乐说方昭耀市长在家，却劝她不必去找。见何碧秋脸上质疑，解释说：“有些传言，差不多是一夜之间，陡然四起的。”何碧秋吓了一跳，问：“难道出事了？”周维乐摇头说：“那倒不是——传得最多的，是书记平挪省城厅局，方市长再上台阶，身兼两个一把手。”何碧秋松了口气，疑问道：“我找他伸张正义，与他本人升官，两者并不相干啊。”周维乐说：“谁说不相干？这政界犹如团丝乱麻，藏着欲解还乱数不清的扣结，掖着乍分又合若干个阵营，真正……”

话拐个弯，挪到他自己身上，说：“譬如我，早年跟老市长开车，觉得大材小用糟蹋了，提携我改变身份，还允过一个实职。可他老人家刚退到人大，突然急病提前走了，我从此撂在旮旯里坐冷板凳，七八十来个年头，始终翻不了身——我啰唆这些，是想说我跟政界哪个热门体系都不沾不靠，平日里各种风向，也都不加避讳往我耳朵里刮，吹进来荡出去，既有正面的，也有反面的，更有正反之间的，比起那单吊一个阵营的人，信息反而丰富多彩呢。”

转回正题，分析说：“但凡将要提拔的人，必然成为风口浪尖上的目标。那背后人前，多少个炮口盯牢瞄准着，万一有个不慎，露出把柄，万炮齐轰，不但提拔不成，甚至翻身落马，身败名裂，也不在少数。”

何碧秋听他说得如此凶险邪乎，反驳道：“我找他拨乱反正，光明磊落，也是他当市长的职责所在，并不是撺掇干见不得人的勾当，有什么可怕的？”周维乐说：“你且听我说完：他从党校悄悄回家，又不公开露面，必然有为难的地方。你这时候找上门去，他若不出手干预，是驳你面子；他若出手干预，难免有趁机生事的，不说吴维丝这桩冤屈，单说他为自己升迁，半途溜回来做小动作，结帮拉票，到了这种地步，哪怕他浑身是嘴，也辩解不清楚了——你把心放在他身上，替他想一想吧。”

何碧秋觉得有理，把一颗心悬挂起来，一会儿放在方昭耀身上，一会儿再放在吴维丝身上，两边称掂分量，秤码还是偏向吴维丝。

周维乐劝道：“方市长党校只剩不到半个月，不过是将她除名，又不是拉上刑场，即刻杀头，人命关天，举刀无悔，有什么不能等的？”何碧秋说：“这个吴维丝，我因为跟她陌路相逢，并不知根知底，最近才听说她的一个致命伤疤，说她命苦得很，半道上家庭拆散了，单人匹马过日子，性格本就乖戾，眼前这桩冤屈凭空掉落在头上，雪上加霜。也不是一两个人在说，都认定她目前举止有些异样，很担心酿出什么大事来，彻底毁掉这个人，那就不得了了。”

周维乐听了，把脑袋钻进这个思路，慢慢想出了办法。说出一个人的名字，却是当年那场官司里的公安局严局长。何碧秋说：“刚才吃面，还跟一个熟人老孙提过他呢。听说他从省城离开政法系统，调到纪检监察部门了。可惜仍然水路旱路，跟银行不是一条道。”周维乐说：“有一个消息，说严局长接近五十七八了，依照惯例，临退之前总要安排个福利待遇比较好的过渡单位，听说正是去省银监局——并不是空穴来风：有说已经上任了，有说正式定过了，即将下文——这银监局直接监管各家银行，是一柄尚方宝剑。索性让吴维丝写份申诉，你再亲笔写几句，先寄出去。回头方市长从党校回来，双管齐下，哪怕它铜铸钢浇，不信撬翻不了这场冤案！”

转找吴维丝，写好申诉，何碧秋仔细读了一遍，评点说：“客观陈述事实真相就可以了，这些无限上纲上线的爆炸词语，还有这一连串吓人大帽子，就不要往她头上戴了吧。”又指着一个重要细节说：“还有这句，说她不经预约，急着要提取一大笔款项。这一大笔款项，到底是多少呢，这五万，十万，二十万，五十万，百万千万，也都算大笔款项，却是天差地别——必须明码实价，写写清楚。”

重新誊写干净，附上何碧秋亲笔短信，径寄省城。

弹指半个月，何碧秋赶到市里，到了碰面地点，等来等去，不见吴维丝。店主老孙担心说：“昨晚来吃过一碗面，腔调、言辞，颠三倒四，夹七杂八，听她说得影影绰绰，像是解不开心中的冤结，去求卜问卦，中毒很深，一叠声说：‘不该怨天尤人，命里活该有这一劫，主要是我名字起错了！’——竟是惑了心窍的样子呢。”

因住在附近，找寻过去。吴维丝坐在屋里，梗直颈脖，拍着脸说：“我名字里的‘维’，暗藏着无数凶险：右边‘隹’，本是一只鸟，左旁‘纟’，是用来结网的。再加上后面的‘丝’字，又是两个‘纟’，织成了一面天罗地网，这只鸟无论怎样扑腾飞翔，也是困在牢笼里，一辈子坷坎厄运！”

见一屋子乱，像是垃圾场，又像是刚遭翻劫。眼睛倒还认得出人，指着何碧秋说："凭你天大运气，人生畅通无阻，也全靠名字！先说这个'碧'，那'王'上加'白'，便是'皇'字，下面还坚如磐'石'。再说'秋'，'禾'谷成熟得像着了'火'……"

何碧秋截断她，跟老孙商量说："等不得了，我这就找方昭耀市长……"

一句未完，被吴维丝听在耳里，把两只手竖起来直摇，说："千万不要去找，这个名字也是万分险恶——单说这个'昭'字，每'日'坐在'刀''口'上……"老孙抓住把柄，反驳道："是吗？人家堂堂一个市长，即刻还要升迁呢！"吴维丝摇摆双手说："他后边一个'耀'字，底下蹲着的这只鸟，眼下头上'羽'毛'光'鲜闪亮，所以还不打紧。一旦掉'光'了'羽'毛，失去遮掩，那'昭'字就要发作起来，生灾弄祟，必然在劫难逃……"

不再听她胡说，出来，店主老孙说："她昨晚吃面就露出了细微苗头，逮谁是谁，一把薅住我，将名字大卸八块，弄出一串心惊肉跳的词句来，直听得毛骨悚然——亏她嘴下留情，说我名字虽然拙败，却存有回旋余地，人生路上巧遇贵人帮扶，沾了灵气，所以否极泰来，转危为安呢。"

说了一通，议论道："她这个病，还属初犯，没有生根发芽。俗话说'心病还需心药治'，追本寻源，归根结底，是因为那一场冤屈，把一腔热血淤积在心胸，散发不出来。若抓紧替她昭雪了，想必也会好的。”

转向市府大楼这边来。

听周维乐说：“方市长回来了，机会却不恰当，不是找他办事的时候。”建议再等一两天。何碧秋说：“不要说一两天，怕是一分一秒，也等不得了。”

说了吴维丝的情状。周维乐把门关了，压低了声腔，说：“上次讲到方市长的传言四起，最初只有正面的。经过半个月翻覆，那反面的，逐渐披露出来了——”

正要往下说，有人敲门，周维乐说：“有个会，回头细说吧。”

到了银行，看见管纪检的一张笑脸。两个主管过来，瘦脸龇牙咧嘴，弥陀佛像毕恭毕敬。管纪检的说：“这才叫‘有眼不识泰山’呢，幸亏面店孙董事长说破你身份，也托他代为致歉了——那天等你不来，开始还以小人之心，度君子之腹，以为你被戗住了，故意逃避，不敢解释吴维丝那句嘀咕呢。”

何碧秋说：“论这句‘急得倒像赶杀似的’，乍看起来，是说一个人急赶着去被杀头，其实早就偏离字面含义，另有内涵。

不过是当地一句熟语，任何人挂在嘴边，口无遮拦，随时随地滑落出来——却并不存在诅咒他人的成分——这方圆百里千里之间，随便实抓现拍，到马路上找到正在打架斗殴的，或是街坊邻舍怄气泼口辱骂的，从头听到尾，绝对不会用这种温吞词句。”管纪检的说：“孙董事长早就条分缕析过了——这句话惯常是自言自语，或用在家庭亲友朋客之间，调侃戏谑，张口就来，无须计较的。”

何碧秋点头，再举出丈夫万善庆当作活例，说了那天在麦田薅拔杂草，被他催逼来市里咨询小额存款倒扣年费的事，说：“我不但冲他说了这一句，还往地上‘呸’了一口，这才动身出门。”

转到吴维丝身上。管纪检的引她来见副行长。副行长表态说：“已经研究定了，同意她立即就医，药费实报实销。”

说到正式翻案事宜，副行长说：“签发红头文件的权限，只有行长。这三五天就要回国，包括我本人在内，从上到下，都会力排众议，替吴维丝说话，主持公道的。”

询问那取款妇女的身份，副行长说：“电话是行长接的，确凿不是平头百姓，身份来头不小。依我估计，要么是干部家属，要么本身就是领导，养成了颐指气使习性。想必是懊恨吴维丝不肯遂她意愿，帮她提取那一大笔款项，火了，恼羞成怒，抓住那句嘀咕，大做文章。借一句俗语形容，叫作‘吹开灰尘往地上寻找裂缝’。而且抢先下了结论，铁口咬定要把吴维丝除名。行长不敢反驳，转交过来，就弄出了眼前的局面。”

又说：“此刻你暴露了真实面貌，全世界都懂得一根筋‘讨个说法’、不到黄河决不罢休的厉害。无论那取款人是谁，一旦明白撞在你的枪口上，想她都会打消妄想，收敛气焰，主动关门闭户，图个安逸清静罢了。”

听到这里，何碧秋才觉得脸上松动许多，心里也化开了。

回见周维乐，正逢下班，将头伸到走廊看了又看，等人走得差不多了，再关了门，坐下来说话。

周维乐说：“方市长沾上了一桩尴尬事，想必他此刻正如井中的吊桶，七上八下，神思不定。在这种敏感时期，请他出面帮吴维丝翻案，恐怕不太适宜。”

何碧秋听了，评判道：“上届全国人大，大组讨论，小组发言，迎面招呼，都是有的。在我的印象里，他行事并不张扬，说话也讲究方式。这些都是表面，终究回到一句话：‘做人不亏，鬼神不随。’关键是他做了没有做。若没有做，尽管把羽毛抖搂起来，光彩鲜亮在世上行走。若是做了呢，就不必推诿开脱，只能怪把持不住，自作自受了。”

周维乐说：“平心而论，这件事并不是他做的，却牵扯到他。所以不论是反他的，还是保他的，都说同一句话，叫‘人走霉运，阴沟翻船’……”说来说去，听得脑袋大了。何碧秋插断话头，请他理清顺序，从头说起。

周维乐说：“上溯根源，远在去年出国，倒是正儿八经因公考察，随访有本市一个合资企业中方老板，顺带报销了方市长的一笔费用。本来这种事情见惯不怪，是常有的，而且已经过去了，不承想节外生枝，酿成了天大风波。”何碧秋琢磨一番，提问道：“我仔细听了，这件事并不复杂，其中大小也不过藏有三个要害，一是他本人知不知情，二是费用是公是私，三是数额多少。有错无错，是罚是罪，轻重缓急，全在这三个点上。”周维乐回答说：“是秘书经手，他事先并不知情。费用也是公的，即便不放在企业，公家也该报销。论到数字，一个零头而已，都说不出口：大约两千大几，离整三千还略有差距呢。”

见何碧秋讶异，把头摇了一通，说：“你也别藐视这两千大几块钱。等我把话说完，你就明白其中变幻莫测，十分厉害了。”

往下说道：“这家合资企业岁尾年初办垮了，外资老板清理账目，发现了这笔报销款，却生搬硬套，小题大做，矢口咬定政府官员在企业开支，依照国际流行规则，等同于犯罪。恰巧碰上一位国家领导人赴访，这外资老板又是个神通广大的，在接见名单之列。而且这个人竟是个十头牡牛拉不回头的犟骨头，就在众目睽睽之下，当着境外新闻媒体，直捅出来，甚至还把性质提拎到国家整体投资环境上，将一片鸡毛蒜皮，渲染得比天还要大——领导人感觉事情虽小，后果和影响尤其恶劣。回国之后，即刻批示下来，转到省里，领导层读了，见那措词的严厉程度，在此之前从来没有见过。震惊之余，不免手忙脚乱，办事便矫枉过正，做过了头。拿出一个应对方案，就跟'双规'差不了多少——据说，当天下午在党校就地找了谈话，还切断方市长一切对外通信联络，前后长达半天一夜。恰好碰在他即将升迁的关口，那些明枪暗箭抓牢这个破绽，一齐射放——由此酿出了各种各样稀奇古怪的传言，上在省城，下到我们市，漫天飞舞！"

何碧秋听了，说："说吴维丝处境艰难，将心比心，他一个当市长的，也好不了多少。"再感叹说："也算功亏一篑。提拔的事，想必无影无踪了吧？"周维乐说："前几天风传得厉害，主要有两个版本，一是原地不动，等风头过去，再作打算。一是先把职务免了，暂放一边晾一晾，仍然是要避过风头，另作安排——最新有了定论，情节毕竟轻微，与他本人也不相干，让写了一份书面文字，报到上面，云消雾散，结案了。”

何碧秋松弛身体，说：“原来如此，一场虚惊呀。”

说了银行动向，说：“吴维丝这桩冤屈，也算是露出一线光亮，只等行长回国，东方破晓，曙光在望了。”

决定静观其变，不到万不得已，不再动用方昭耀市长这张王牌。

何碧秋回家，在村头地里碰上几个熟人，指指点点说：“有两张陌生面孔，一路问到你家去了，两三个小时没有回转出村呢。”

到了家，看见一个中年和一个青年，衣冠整洁，坐在板凳上。那杯中茶水，早泡得一片白色。又见家里的狗由生到熟，把嘴巴叼住客人裤角，蹭来蹭去，十分亲热。何碧秋赶紧添换茶叶，吆开狗，又责怪万善庆不早打手机。万善庆说：“人家替我们节省话费，不让打。”

问了来意，正是为吴维丝。拿出纸笔，请何碧秋尽量不要省略，将事情的前因后果，各种细节，原原本本说一遍。

何碧秋说："远在十几年前，村长往我男人万善庆裤裆里踹了一脚，我不服这口气，到市里打那场后来炒得沸沸扬扬、天下皆知的官司，怕随带在身边的一笔钱丢失，存了活期即取即用。打完官司，账上只剩个零头，顺手丢在箱底了。一两个月前翻晒箱底抖出旧存折来，恰巧电视里播报银行小额存款倒扣年费的事，掰指一算，十几年下来了，猜想恐怕要耗蚀倒亏一大笔钱，万善庆急得六神无主，就像赶杀似的，一叠声催。赶到市里那家银行，好几支长队，等我排到窗口，眼看下班了。正要上前，只听呼啦一响刮过一阵耳边风，有个人影抢插到前面，这就是那个暴脾气的中年妇女。"

说到这里，两个人插进话头，问了插队妇女的年纪、长相、衣着，照样记在纸上。让继续往下说。

何碧秋说："回过头来想想，她俩之间，真正是一场误会：其实吴维丝用意是好的，她见窗口外面客户十分焦急，慌忙转身来接洽，本意是要帮她。不想动作大了一些，肘弯一拐，把桌上一枚图章碰落在地下，又听咕噜噜一滚，钻到桌肚里去了。吴维丝俯身寻找，怎么也找不着。外面取款的急了，把窗台直拍。外面越是急，里面越是找不到。吴维丝好容易把一颗脑袋挣扎出来，满头满脸挂着灰土，顺嘴一滑，嘀咕了一声，就是那句我们本地人的口头禅，叫‘急得倒像赶杀似的’。”

将这句话分拆开来，反复对比了字面含义与实际运用之间的差别，还举了若干生活实例，证明并不存在恶意。再往下说：“到此阶段，双方并没有争执。真正激化矛盾的，是临时提取的那笔款项。依照规定，一大笔钱必须预约。那取款妇女说有急事，要求即刻取它到手。那吴维丝碍于规章，不敢帮她办理。几个回合下来，那取款妇女原本就心浮气躁，急眼了，一把怒火，直烧到云彩里去。最终撂下一句狠话，夺门而去。”

加重语气，将那句狠话每个字词重复了两遍，说：“人吃五谷杂粮，难免生龃怄气。想她两个人，前世无冤，今生无仇，素不相识，牙齿舌头碰在一起，大街上冲撞，随手丢过，不必结下隔夜宿怨。正所谓穷寇莫追。却没有料到，她含恨在心，事过境迁以后，把那句嘀咕提拎出来，咬住不放，硬说吴维丝诅咒她‘急赶着去被杀头’。”

又做一番解释，这次拿丈夫万善庆当了活例。继续说：“若说想解心中闷气，让吴维丝当众赔个不是，或写份文字，也是可以的。再退一步，扣个当班补贴，扣个月奖年度奖，虽不合理，也能承受。可她却直捣死穴，亲自拍板定案将吴维丝除名，砸坏饭碗，把人逼得颠倒错乱，这就丧失天良了。”

说完，把自己的心理底线径直亮了出来，说："我碰巧蹚上了这桩公案，两只脚站在水里，不怕其中深浅的！"

那两个人趸到一边，商议几句，回转来，重新问了争执当天的日期和时间，让何碧秋复述一遍。再把那笔取款数额写在另一张纸上，请何碧秋核实。何碧秋说："最初她俩争吵，我亲耳听过。后来吴维丝写申诉，我亲眼看过。就是这个数字，不会错的。"

送出村头，那两个人往前走了几步，忽然掉转回头，说："今天的事，请务必保密，不要对外泄漏。"何碧秋看两张脸格外庄严肃穆，疑问说："这桩冤屈，早就说了不知多少遍，告诉不知多少人，满世界都晓得了。若叫我从此闭上嘴巴，装聋作哑，万难做到！"那两个人听了，松开脸色，解释说："你把话听岔了，不是这个意思。我们是说，今天我俩登门找你这件事，不管任何人，无论是平头百姓，还是领导干部，也包括站在吴维丝一边替她说话的，一个字也不提起。"

千叮万嘱，告辞而去。

何碧秋懵懂着，目送两个人越走越远，转身往回走。走了几步，回头再望，却见远方路边树林里钻出一辆轿车，顺路向前，开到那两个人跟前，停住。拿眼再看，却见两人从两边拉开车门，躬身进去。那车一阵滑行，加速前驶，逐渐小成一个黑点，望不见了。

回家告诉万善庆刚才蹊跷一幕，说着，猛然醒悟说：“有个要命的疏忽：竟忘了询问核实这两个人，是什么身份，怎样的来历了！”

转问万善庆，先前在屋里坐等那么久，是否透露过一二。万善庆说：“还说呢，人家是直奔你来的。进屋打听，说你不在家，两张脸仍然客气得不得了，背后却透过一种冷淡来，目光平扫着，就像我是块木头，不是个活人，根本不放在眼里。我当然知趣，不想多嘴好舌巴结他们，尽管泡茶添水罢了——说了你恐怕不相信，这两个人确凿可疑，把屁股粘牢在板凳上，干坐了两三个小时，两只嘴巴恰似挂着两把铁锁，不要说我，即便他二人之间，闷声不响，连一个字也没有蹦出来过！”

见何碧秋依旧愣怔，劝说几句，又打趣笑道：“还说你那个‘讨个说法’，开了风气之先，往你身上不停镀金描彩，成了办事精细、通晓法制的榜样。今天应了一句话，却正像大鼓词里说的：‘终日打雁，却被雁翅膀迷糊了眼睛’！”

听了这话，何碧秋解脱开来，说：“好在不是阴暗角落，一切都能放在煌煌大太阳底下，见光透亮。任凭来人是谁，带着何种策划，不用怕他。”

把心头烦恼，丢到一边去了。

往下的日子，一连三五天时晴时阴，地气不断升腾，那山坡上新种的茶苗，一天不比一天。夫妻俩把心思聚集起来，起早贪黑，沐风浴露，一头扎在了茶园里。

何碧秋赶到杭州，爬上龙井山，看了那口千年古井，在近旁找了一家农户，买了一杯新茶。茶叶是现采现炒，水是井中涌泉，坐着品了一回。果然沁人心脾，滋味倒不像茶，是把眼前大好春光，一点一滴浸润在了身子里。跟户主拉着家常，顺便把几个种茶的疑难，也请教明白了。

一步步朝西湖走，看见山峰远去，湖水近来，好不享受，说不出一种快活。忽然听见口袋里一阵吱吱乱叫，是手机响了。却是店主老孙，说打探到消息，行长明天回来。通话完毕，手机吱吱又叫，这次是银行，也说行长明天回来。

抓紧归家，住了一宿，天亮赶往市里来。

老孙等在银行，两个主管、管纪检的和副行长都在。请进一个小会议室，一张椭圆形桌子，地上七八张椅子，桌上七八只茶杯，旁边放着七八只牌子，写着真名实姓。何碧秋拿眼细看，除了吴维丝和眼前三位银行领导，还有自己和老孙的名字。只见室内精心布置过，窗明几净，井然有序。

副行长说："本想挂一条横幅，既郑重其事，气氛也显得欢快喜庆。可惜反复斟酌，拿不准措词。退一步想，也不要去招惹刺激别人的敏感神经，讲究实效，还是低调一点，比较稳妥。就没有挂。"

却不见行长的名字。副行长解释道："行长凌晨五点飞抵省城机场，上午依照惯例省行有个出访总结会，下午他要参加另一个业务会，明天后天还有会议，大后天才能回来。好在之前我们隔三岔五通电话，不断汇报事情进展，也说了你的名字，如实转达了立场和态度。行长格外重视，觉得迫在眉睫，刻不容缓，让提前拟好文件稿，他今天大清早径直从省城机场急赶回来，正式签发了。甚至来不及喘一口气，马不停蹄，又回返省城开会——今天这个会，委托我代为主持。"

拿出红头文件，何碧秋读了一遍，见上面遣词造句十分讲究。其中各种起承转合，把不能说或是不必说的，绕了过去。把可以说和不能不说的，都说了出来。该留的余地都留了下来。关键处却是斩钉截铁，明白无误地恢复了吴维丝的原状。着实费了一番心机。

听说是副行长亲自捉笔起草，赞叹几句，说："早知这样，我就不用急往市里赶，你们直接宣读文件，这桩冤屈随之冰消雪化，迎刃而解了。"又说："我和老孙两个人，本来就是局外人。今天在与不在，都一样的。"

转到吴维丝身上，副行长说："会议定在十点整，还剩近二十分钟。她住得不远，拔脚就到，索性等一等，最后时刻再去叫，送她一个意外惊喜吧。"

探问这几天的情状，几个人你插我接，说了个大概。说："早通知她放心就医，药费实报实销，钱方面不用个人掏腰包。还向她稍稍透了一个底，说事情出现了转机，等行长回国，就将揭晓。而且特意说了行长回国的日期。她原本是个心结，有这些好消息化解，加上这几天医生对症下药，想必早就身心舒畅，坐在家里静候佳音呢。"

渐近十点，派去请吴维丝的人回来了，嘴里一叠声叫："不好了，快去看看吧！"

一齐过去。到了门前，忽听一声撕帛裂石锐叫，高亢激越，震得窗玻璃丝丝颤动。吓了一跳。依稀辨别是吴维丝的声腔。

听她唱道："我好比笼中鸟，有翅难展——"

到了这里，戛然止住。等了半天，不听气息。像是一件音响，突然断了电。又像是一个人，被瞬间扼断了喉管。回看这幢楼，空空荡荡，那上班的走了，没上班的出去锻炼了，过道里悄没声息，异样静寂。各人身上直渗出一片寒意来。

举手敲门，屋里没有动静。店主老孙替何碧秋喊她，不见应答。何碧秋亲口直呼其名，还是不听回音。各人停住呼吸，把耳朵侧近过去，仔细听了一听，那屋里倒像是没有人，更辨别不清到底出了什么事。

商量一番，打电话往派出所叫来一个警察，把锁砸了，却推不动那扇门。发一声喊，大家一齐用力，那门"啪嚓"破开，往里仰斜着，倒不下地去。透过缝隙，望见门廊里横七竖八，都是桌椅。再次用力，把门缝推大，先挤进一个人，将过道清理出来。众人蜂拥进去，却见里面箱翻柜倒，碗破盘碎，相比上次见到的乱，犹如一场浩劫。

找遍房间，不见吴维丝。把厨房、卫生间搜索一遍，连窗户阳台都查看过了，还是不见踪影。回到客厅，大家静下来，屏气定息，等待着。不一会儿，斜歪在墙角的沙发瑟瑟抖动起来。合力把它掀开，看见一个人形躬曲在旮旯里，脑袋紧贴地面，屁股撅向天上。拉她起来，拨开凌乱散发，将脸上灰土擦拭掉，露出了惊恐万状的神情。

——正是吴维丝。

直奔城郊精神病院，患者进了急诊室，几个送她来的人留在外面。大约半个小时，主治医生出来，提了几个疑问。这边回答清楚。反问病情，主治医生说："先住下来，还要观察一段症状。一时半刻，不能轻率下结论。"

办好相关手续。店主老孙看大家把一颗心悬吊在半空，使劲想了一想，说："你们先走，我暂留一步，找熟人打探一下，先把底细摸在手里。"

回到银行，转进刚才小会议室，坐下来，商议善后事宜。副行长表态说："到了这种地步，我们不能推卸责任。若心里存着这种侥幸，天理不容！"

又拍板道："红头文件既然下达，原先除名处罚相应撤销。她是我们的正式员工，医疗待遇不变，另再聘请一个护工，二十四小时全天候帮她料理生活。"

见几个银行内部的人，脸上写满了悔字。管纪检的接口检讨说："回想起来，真正疏忽了。最初听她抱怨自己名字怎样不好，就像一只鸟，被困在几道丝织的网里，一辈子腾不起，飞不高。又见她逮谁是谁，逢人拆卸姓名，测祸析福，听起来一惊一乍的。如果依照求卜问卦书上的糟粕学说，字词和纹理，都是相符合的。因此认定她心里存有淤结，借着这些胡话，散发郁闷。哪怕打破脑袋，也不会想到有今天一幕。”

两个主管懊恨几句，又奇怪道：“我们几个是脚前脚后进单位的，年纪当时还在二十岁上下，并肩工作了这些年头，都晓得吴维丝缺少文娱天赋，档案里也没有记载她受过艺术训练。刚才那一声唱腔，剖金断玉，就像专业演员似的——这字正腔圆的一句戏词，从五音不全的她嘴里凭空迸跳出来，想必这就是病情了。”

说了一通，见何碧秋闷声不响，都停下来，等她说。何碧秋说：“你们该说的，差不多都说了。只有一件事，也不知是刻意回避，还是真疏漏了。好在是迟是早，就像那丑媳妇与公婆之间，终究要摊放在桌面上的。我索性就说了罢。”

正要说出来，却见店主老孙走进会议室。几道目光扫过去，那张脸仿佛从冰窖里出来似的，僵硬成一块铁板。安静下来，听他说。

老孙说：“打听过了。刚才医生不肯给结论，是留有余地。

实际上早确诊是病了。这个病也不是最近几天犯的，早在她拆卸自己和别人姓名的时候，表面看是恶作剧，其实是病情正式发作。”

询问这个病的名称，老孙说：“医生说的是正宗医学名称，听起来一长串字句，佶屈聱牙，记不住的。好在听来听去，又提了几个疑问，我才弄明白了，就是民间说的有些不太雅的名字，叫‘文武疯’。细化出来，分‘文疯’和‘武疯’两种——医生虽没有明说，依我个人猜测，她曾经亮开嗓音唱过那样一句戏词，应该属于‘文疯’吧。”

解释了“文疯”与“武疯”的区别。又说：“‘文疯’倒罢了，‘武疯’是有暴力倾向的，一般也分两种。一种面对社会：大庭广众之下，拿刀弄枪，狂砍乱杀，鲜血淋漓，危害很大。一种是对自己：病人头脑里，每时每刻都存着讨嫌自己的念头，趁着别人一不留神，就把自己给弄伤弄残，甚至要了自己的性命——如果我猜测准确，吴维丝不是‘武疯’，那就是不幸之中的万幸了。”

再说病因：“归结于那场吵架，一场莫名冤屈，从天而降，受到这样重大的刺激，把致病根源诱发出来，不用多说了。”

听了这些，室内空气慢慢凝结下来，每个人都把嘴闭紧，不再说话。愣了一会儿，想起刚才何碧秋话没有说完，拿眼朝她看过去。

何碧秋说："我这句话，想必大家明白，也不用多说了。"

看几张脸，果然全都恍然醒悟。随即也把话题转过来，集中到那天跟吴维丝吵架的取款妇女身上。

议论几句。何碧秋分析说："那天我在现场，听她口音，倒是本地人。"店主老孙跟着分析道："想必她不是一般人物，不但手眼通天，而且很懂得整人的路子，把恶状告到省银行，还直接拍板定案将人除名，再反弹过来，往下边施加压力——只需向行长核实一下，就知道她是何方神圣了。"

当场请副行长拨通省城，汇报了吴维丝犯病症状，再把刚才的议论，原汤原汁，转述一遍。说不但是何碧秋，所有关注这件事的人，也包括银行内部，都很想弄清楚那个取款妇女的身份。

通话完毕，副行长告诉大家："行长说知道了。正在开会，不方便说话。"

等了一会儿，已过了午饭时间，试着再打过去，手机关了。

从银行出来，何碧秋心中憋闷。见老孙也是胸口一高一低起伏着，一股恨气，像是直冲到天上去。听他嘴里嘟囔道：“这个银行行长，先是托词敷衍，后是关机，看来是想存心包庇呢！”

何碧秋劝道：“或许他真是开会，或是自有为难的地方，不得不这样做呢。”老孙笑道：“只怕也是枉费心机——人被她逼疯了，若是医治好，也许能够丢开手不管；若是医不好，一个活生生的人报废了，到那个时候，不要说银行行长，哪怕阎王爷出头，把她藏掖到地狱里去，也要挖地三尺，揪她出来，打回原形！”

这几句说出口，何碧秋倒觉得是替自己说的，感觉好了一些。

给周维乐打电话，那边叽叽喳喳，好像有许多人，乱成一团。说来说去，可着嗓子喊，也听不清楚。

径直赶过去，到了市府大楼，门卫室打进电话，周维乐不在了。好在进出无数次，一张熟脸，放行了。

何碧秋登上八层，走廊口横放着一张桌子，坐着一个人，先问预约没有，再问什么事，又说方昭耀市长不在。推三阻四，不肯放行。双方正在拉锯，走廊尽头一个房门打开，出来一个人，把头侧斜着，往前走了几步，转身回去了。何碧秋指着说：“你谎说方昭耀市长不在，我倒抬眼看见他了！”

说完，大步直闯过去。那人追上来，在门口一把揪住。拉扯了几个回合，惊动了屋里，果然是方昭耀市长。见他抬头看了几眼，看清楚了，连忙喝退来人，又解释说：“他就是做这项工作的，也不能责怪。”

何碧秋说：“我好歹跟你当过一届全国人大代表，上北京大会小会，坐在一间屋里。迎面碰着，不止一次打过招呼。算是熟人了——若是没有这些，还原成一个普通老百姓，而且还是个农村妇女，见你市长一面，恐怕比登天还难呢！”方昭耀听了，笑道：“你说的完全在理。可惜只知其一，不知其二。所谓不在其位，不知艰难。哪天你当了市长，就明白这并不是莲花宝座，说不定是风口浪尖，甚至刀山火海呢。”

一道进屋，站在外间客厅说话，却不见让座。听方昭耀说：“今天真正不巧，刚才临时通知，是省里来人，让等会儿去见一下面。只有将近十分钟空隙——若是急呢，此刻就请抓紧直说；若不急呢，另约时间也行。”何碧秋说：“无事不登三宝殿，不是天崩地裂，也不敢轻易打搅，贸然惊动你一方尊神的——不用十分钟，只需一半，三五分钟足够说清楚了。”

往肚里咽了一口唾沫，略作斟酌，把枝丫砍削掉，留下树干，说："我去银行办事，碰上一件咄咄怪事。那营业员为严守规章，得罪了一个客户。却是一个惹不起的人物，丢下一句狠话，夺门走了。原以为嘴上说说，随口泄一下怒火的，却不料对方含恨在心，蓄意报复，打了一个神秘电话，真正惊天动地了：那营业员先是被叫去训话，再是被扣掉当班补贴、月奖和年度奖，还被暂停岗位……"

方昭耀插道："我明白了，你这次'讨个说法'，跟以前不一样，是'路见不平，拔刀相助'——依我看法，银行员工执行制度，并没有错。即使态度有瑕疵，教育为主。若是扣掉补贴、奖金，便过头了。还要暂停岗位……"何碧秋接口道："我还没有说完，暂停岗位倒罢了，又发了红头文件，将她正式除名了。"

方昭耀听了，忍不住又插道："照这么说，得罪的真不是一般人物了，弄清楚是什么身份了吗？"何碧秋摇头说："听她争吵，倒是当地口音。"方昭耀说："是吗？那我倒要认真翻一翻底牌，看看脚下这千百里远近地界上，究竟能孳生什么样的三头六臂怪胎了！"何碧秋接口道："我仍然没有说完，下了红头文件正式除名之后，这起冤屈由此横生波澜，刺激出一桩人命关天的……”

突见刚才那个人身影一闪，后边又有两个人。原来是见面时间提前了，来催促市长的。方昭耀说：“依照惯例，省里来人肯定预先通知，今天事起突然，想必是去别的地方，路过我们市，见面招呼一下，说几句话，估计不会耽搁太久。你不要太着急，不妨坐在这里，随手找份报刊，耐心等一等吧。”

说完，跟着来人走了。

何碧秋坐着，慢慢喝茶，眼看杯中褪尽颜色，成了白水，不见方昭耀回来。自己动手添换了桌上的茶叶，再喝成白水，还是不见人影。起身走到里间办公桌后面书柜前，顶层一排精装大书，比砖头还厚。下层是简装精版书籍，也比砖头还厚。再低两层，书薄下来，拿眼从书脊上扫过去，都是政治经济。底层是一溜儿刊物，也都是政治经济。找来找去，不见任何一本是关于茶的。

站立不比坐着，膀胱悬吊下来，感觉肚子发胀。想想刚才一路过来，并没有洗手间。有点急起来。看见屋内还有一扇门关着，略作一想，肯定是了。推开，却是一间卧室，里面摆设一应俱全。卧室里又有一扇门，嵌有毛边玻璃，推开，果然是了。见里面一口圆形浴缸，镶有各种按钮。旁边一只淋浴，也镶有各种按钮。两个坐便器，一个有盖，一个没有盖。因去北京开会住五星级宾馆见过，明白一个是用做大小解，一个是专门洗的。赶紧拉开裤扣，将肚子卸个痛快淋漓，洗干净了。关门出来，却见屋里站着一地的人。

何碧秋看了看，其中并没有方昭耀市长。正要询问，那一屋子人都把目光“嗖”地扫射过来。何碧秋抬眼看过去，只见迎面而来的一道道眼神锋芒犀利，倒像无数刀刃，往脸上蹭刮。又像公园里多少双人眼，窥视一只饿虎。更像一群咬牙切齿的失主，盯瞪一个活擒蟊贼。看来看去，都是敌意。

正在疑惑，有一个人抢到前面，扑口问：“你叫什么名字，躲在里面多久了？”另一个举手一指，补充道：“你只要说实话，可以在态度上记一笔的。”何碧秋听两人口气，话比石头还硬，倒像审案似的。舌头一滚，也把话变作石头，扔了出去，说：“你们不必问我，打个电话给方昭耀市长，问他吧。”那扑口问的说：“他是他，你是你，当然会问他的。现在是问你呢。”

双方话头戗住。又有一个人走到跟前，清理了一下喉咙，慢言细语开导说：“你不用怕，从头说起，时间、地点、具体交往，一样也不要遗漏。件件都是要仔细核对的。不过，你也放心，该你的，就是你的。不该你的，不会认定是你的。”

何碧秋听听腔调不对，不能不说清楚了。想了想，把脸色松开来，缓和声音说：“你们肯定误会了。有一桩天大冤枉，也不是我本人，是我恰巧碰上的，因为愈演愈烈，竟然把人逼疯了。我不服这口气，想请方昭耀市长出面管一管，惩恶扬善。先几次没见着，今天见着了，才讲了开头，说省里来人见面，让坐在这里等。一口气喝了四五杯茶水，换了茶叶又喝了四五杯，肚子存不住，十分坠胀，等不及了，就借用洗手间方便一下——前因后果就是这些——想必你们弄错了方向，把我当作白天专闯办公场所偷窃的贼了吧？”

说完，只见几张脸全僵硬着，纹丝不动。像是刚才那番话，一个字也不曾说过。或是说了，站着听的全是哑巴，等于白说。片刻僵持，进来一个人，是坐在走廊口挡人的。见他朝一个领头模样的耳边嘀咕几句，拿手指了一指。那领头模样的脸色一紧，马上松弛下来，用力挤了一挤，弄出笑容来，对何碧秋说：“哎呀，原来如此。所谓‘不知者不为错’，大家并不知道你的真实身份，刚才的口气、措词，很不合适，也很不严肃——请允许我代表所有在场的各位，向你正式致歉，希望能够谅解。”

说完，又双手拱让道：“你不用等了，回去吧。”何碧秋说：

"我先前已经说了开头，只剩下三五分钟话，把过程说清楚，再请方昭耀市长给一个态度，就能结局了。你们并不知道，方市长临走再三再四叮嘱，让我务必耐心等一等，他肯定要回转来的。"那领头的摇手说："他有急事，一时半会儿脱不了身，今天不回来了。"何碧秋说："或许他留有话，让我明天上午再来吧？"见那领头的又摇手说："他明天也不回来了。"何碧秋着急道："我住在三省交界处，中间隔着一座水库，来一趟市里，总要翻乡越镇过县。这当市长的整日忙天转地，见一次面，就像攀爬天梯似的，很不容易，我哪怕等到明天，或是后天，甚至大后天，也是可以的。"

那领头的听了，把手再摇了一摇，说："突然发生一桩紧急情况，他去了另一个市，不但明天，后天、大后天，一连好些日子，他都不会回来的。"

说罢，恭送出门。

走出市府大楼，天擦黑了。打电话给周维乐，听他说："方昭耀市长出事了，宣布'双规'，家已经抄了，正在抄办公室呢。"

吓了一跳。把刚才一幕放进嘴里嚼一嚼，这才慢慢回过滋味，心中恍然，明白周维乐所言不虚。又听他说：“背景极为复杂。各种传言漫天飞舞，说什么的都有。如果打个比方，你抬头看看，空中一片漆黑，看不见一个星星，就会明白，并不是满天阴云，星星其实是被那些数不清的流言遮挡住的。”

再听他说：“我正在多方打探核实，看到底犯在哪个破绽上。一旦拿到确凿信息，在第一时间，会讲给你听的。”

来到面店，看见店主老孙在灯光下搓手跺脚，唉声叹气，将身子滴溜溜急转成了一顶风蓬。抬头看见何碧秋，直嚷出来，说：“下午一刻不停打你电话，十次百次，连千次都有了，总是不通！”

何碧秋解释说：“我去见方昭耀，尊重他的市长身份，把手机关了。后来坐着等他，等了一个下午，忘开机了。”

又说：“你路子灵活，想必也得着消息了吧。虽然祸起仓促，但回过头来想，还是我上次说过的那个理。‘为人不亏，鬼神不随’，若是没有做呢，只管活在人世上抖搂羽毛；若是做了呢，那就不要怨天尤人，引颈就刑，自作自受罢。”老孙说：“方昭耀被‘双规’，我也风闻一二。遍天下找你，不是为他，是为吴维丝——她那边出事了！”

跳上车，风驰电掣，直奔郊区精神病院。下了车，跑步过去，却见吴维丝病房空空荡荡，没有一个人。老孙出去打听，回来说："当时情况紧急，必须立即转院。银行方面不敢擅自做主，反复跟你联络不上，又另托我不停试打你电话。本意是想请你一道陪同前去，等来等去，等不及了，银行几个领导只好亲自监护，直接送到东北方向跟我们毗邻的那个市的大精神病院去了。"

说着，指着病房道："我在这家医院有个熟人，也是有路子很吃得开的，又特别爱惜朋友交情，看在我的面子上，好说歹说，主动保留了痕迹，专等我们来察看现场。"

打开门，走进去，见近处散洒着几滴血迹，颜色红中有紫，浓重的地方，变作一片漆黑了。朝里走，是一摊血。转过身来，看见床上被褥，好些地方浸染透了。再看墙上，涂着好几个五指伸张的血手印。有一只手印半边清晰，另半边虚拖下来，连接到地上。俯头看床底，也是斑斑点点，全是血痕。

等把该看的都看完了，老孙这才详细介绍过程，说："听我熟人说，各种迹象能够判明，吴维丝是乘没有人的空当，朝自己下手的。最初她拿手硬扳过窗棂，估计是想把头塞进去，吊死。不想医院早有提防，窗棂浇铸成正方形，间隔特别小，容不下一颗头颅。吴维丝一计不成，又生一计，将脑袋搁在床头横栏上，想双腿跪下让身体腾空，也是吊死。也是早有提防，床栏呈圆弧形，而且十分光滑，根本搁不住任何东西。吴维丝三番五次折腾，见无论如何弄不死自己，想必心中浮躁起来，不管三七二十一，昂着脑袋直接往墙上冲过去，想一头撞死。更是早有提防，那脑袋是硬的，墙却是特制软的，一撞下去，凹陷反弹回来，还是死不了。最终结局坏在一个疏忽上。值班护工替吴维丝剪磨指甲，两只手指甲顺利剪磨完毕，脚上也剪磨得差不多了，只剩最后一只脚拇指指甲的时候，有人来叫，只顾办事，忘了——吴维丝抓住这个天赐良机，竟然做出杂技演员一样的高难动作，把那只脚向上弯曲起来，借用那个没有剪磨过的大拇指指甲，先将自己的一张脸，接着是身体前半部，划得皮破肉烂，鲜血流淌。猜测她的内心深处，是要让身上的血全部流干净，呜呼哀哉——幸亏早早发现，抢救出了一条性命！”

何碧秋疑问道：“上午送吴维丝进医院，回来曾听你说过，她得的虽然是‘文武疯’，从症状上判断，应该是‘文疯’，嘴里间歇性地高唱低吟罢了，并不是‘武疯’，怎么会下手残害自己呢？”

老孙说："还说呢，不但是你，还有我、银行的领导，甚至这家精神病院的医生，全都心存疑惑，说自建院以来，从未遇到过这种状况，建议即刻转送附近这个市的大精神病院，奉请更权威的大夫判别——等银行方面护送的人回来，或许会有确切诊断的。"

第二天上午，银行护送的人回来了，说："吴维丝这种病例相当特殊，万中有一。表面症状是'文疯'，实际是'武疯'。目前属于自戕类型，会不会转为危害社会他人模式，还有待观察。这是初步诊断，最后确诊出来，至少一至两个月。在此期间，病人将与外界彻底隔绝，实施全封闭监护，任何人不得探视。"

联系周维乐，听他说："方昭耀这个案子，非比寻常。办案手法也是前所未有的，相关案情封锁得严丝合缝，滴水不漏，无论是从各个阵营还是从各种角度，都打听不到任何信息。包括抄家和抄办公室，到底有怎样的斩获，如果放在以前，随手往大街上拉住一个能喘气的，都能说得有头有尾，详略得当，这次却连一个细枝末节都没有抖搂出来。目前能够确认的，一是他夫妻双双从被'双规'转为正式批捕，二是依照回避办案原则，已被解送到另一个市秘密地点监押，转由那边相关部门侦查起诉——推算下来，恐怕会有一大段间隙呢。”

何碧秋听了，心系两头，回家。

往下一个半月，何碧秋把身子扑在庄稼地里，一心一意侍弄农活。眼看着麦苗由墨绿变成翠绿，再变成浅绿、淡绿，随着地气将身子骨挣扎出来，一点一点拔节而起，悄悄鼓浆蓄穗。又见油菜花开在原野，积攒成汪洋一片，被太阳普照成耀眼金黄，再不紧不慢，萎了枯了败了，从残萼褪瓣中膨胀出一只只茁壮幼荚。那山坡上当春移种的茶苗，也能逐渐适应水土，摆出一副安心扎根落户势态，抽出了无数蓬勃枝条，只待来年萌生新芽。到了月头月尾，看看地里的活儿，算是告一段落了。

又歇息了三五七天，下地略作拾掇，这才动身往市里去。

何碧秋跟店主老孙、银行几位接上头，乘坐银行专车，赶往东北方向毗邻的这个市，探望吴维丝。原来这家大精神病医院也在郊区。车子从市中心穿过，地面一点一点高起来，到了市郊，越往前走，山势蜿蜒，感觉中气温下降了几格，只见路边田里麦苗依旧匍匐在地面上。油菜刚刚孕苞打蕊，零星招摇着几朵黄花。车头两次转折，插过两片树林，再拐一个缓弯，一座大门横亘在眼前。仰脸看字，到地方了。

在大门口办好手续，车子开进去，驶了一段，到了另一座大门，再办手续。往前走着，又是一座大门，又办手续。继续往前走，进一个门，办好手续。下车走进一幢廊楼，到了一座铁栅栏跟前，停下，办手续。往下不用再办手续，直接顺着楼内过道走。沿途过去，所有门窗一律铁栅钢栏，疑是误闯进了重犯监所。却见墙壁雪白，灯光炽亮，走着走着，身上由不得一根根寒毛竖将起来，渗出了一阵又一阵寒意。

到一个门口停住，听见“咣啷”一响，铁门敞开。走进去，看见吴维丝身穿病服，端坐在床上，眼光硬成一根棍子，目不斜视。在她的身边，一左一右站着两个人，白衣白裤，头戴白帽，嘴上捂着白口罩，露出两只眼睛，却能辨别是两个年轻女性。从二人叉手站姿，看出她们体态敏捷，身手不凡。

听她俩说：“你们有过预约，已经采取药物措施，另有我俩在场，不用担心的。”何碧秋客气道：“两位辛苦，忙你们的去吧。”两人举手直摇说：“千万松懈不得。像这种类型，时时刻刻都会发作的，譬如眼睛一花，一条人命就没有了。”何碧秋不信她俩说得邪乎，嘴里说：“不怕，我们好几个人，盯紧一点，不会坐视不管，任由她自杀的。”其中一个说：“你们错了。这种病人的瞬间爆发力，说出来恐怕无人敢信。况且，你们看她是熟人，她看你们十分陌生，随时随地，能伤害你们。”另一个说：“她一旦出手，除了我们专业人员，哪怕你们一拥而上，也根本无法撼动她。等到她松手，一切都晚了。”

只能在四道炯炯目光底下，跟吴维丝说话。说了几句，不听回应。只见她肃然端坐，犹如泥塑木雕，岿然不动。看她一副神情，不但不认识大家，竟好像这屋子里空着，没有一个人似的。何碧秋把嘴巴张了又闭，闭了又张。看在场的几个人，面容十分凄切，感觉心里酸楚起来，有好些话，说不出口。又有好些念头，一闪而过。翻来覆去，剩下唯一的画面，就是跟吴维丝结识的几个场景。初次见面是个活蹦乱跳的女性。等她翻乡越镇过县找到村里来求援，一头霜花，误认作她姐姐。而此刻眼前，满面沧桑，犹如见到她的母亲，甚至是外婆了。这样想着，眼窝烫热，滚下泪水来了。

互相劝慰，转来值班室。有人等着，却是老孙请本市精神病院熟人，转托在这里的熟人。态度果然诚恳，介绍病情说：“她这个病，我们院几位省内顶尖专家，另请京沪几位国内顶尖专家，共同会诊，一致认定是疑难怪症。并不是先前说的万中有一，而是十万、百万也难见一二。要害在于，这种病状况非常复杂，反复游离在‘文疯’和‘武疯’之间，交叉渗透，相互倚恃。病人一会儿引吭高歌，一会儿狠心自残，一会儿辣手伤人，变幻莫测，又在片刻之间，无从驾驭掌握。因此，也就防不胜防，为害愈烈，格外凶险。”

询问最终结局。答复说：“没有特效良药。当下流行做法，是严加控管，不给缝隙，任其终老，自生自灭。”

回返途中穿越城区，何碧秋看见一个背影钻进一辆轿车，依稀眼熟，像是周维乐。犹豫说：“他虽然听我说过这桩冤屈，跟吴维丝却从未见过面，双方并不认识，不会来这里探望她，想必是我刚才哭了一场，眼光迷糊，弄错人了。”

老孙听了，从旁边建议说：“只需上前看一看车牌号，若是我们市的，而且数字很小，就是市府大楼里机关的号码，十有八九，应该是这个人了。”

尾追过去，正是市里的车牌，号码也相符。才要加速，前方到了一段狭窄街面，车拥人挤，眼睁睁看着轿车消失了踪影。想了一想，何碧秋拨通周维乐手机，果然是他。

听周维乐问：“你想必也是来旁听方昭耀案件的吧？”

又说："所谓'知人知面不知心'，平时看他，绝对一个正人君子。今天公开审理，揭开盖子，见到庐山真面目，由不得人心惊肉跳。我算是见过大场面的，这大半天连场审判听下来，由不得目瞪口呆。我这嘴巴张开来，自始至终都忘记合上了。我的眼睛干瞪了这么长时间，像是硌到了沙石，又酸又疼——中间几次休庭，大家全都忍不住纷纷议论，说做梦也想象不出，涉案款额如此巨大，犯案情节如此恶劣。"

打个停顿，再说："这桩案件，先前确凿捂得紧，不留任何缝隙，甚至把关键当事人也蒙在了鼓里。譬如说，这对巨贪夫妇翻身落马的真正契机，竟然是跌撞在……"

说到这里，一声尖锐糙响划过，听他说："庭铃响了，待会儿见面详说吧。"手机关了。

打听法院，找到审判大厅，看见墙上贴着庭审公告，方昭耀名字赫然在目。走进去，旁听席黑压压一片人头，恰如潮水起伏不定。分头找到空当，将身体安插进去，侧起耳朵听了一会儿，明白开庭议程大致完毕，此刻已近尾声了。

何碧秋坐稳身子，抓紧收拢思绪，先让它在喊嚓人声中漂泊一阵，慢慢静下心，拿眼朝审判台上看。见那审判席一溜儿五个法官，都很陌生。右旁是辩护席，坐着两个辩护律师，也很陌生。左旁是公诉席，坐着四个人，两个很陌生，另外两个，像是见过，又像是没有见过。目光收移到跟审判席相对的被告席上，设了两个位置，一边是男，一边是女，就是受审的方昭耀夫妇了。

何碧秋先看方昭耀，穿着囚服，侧脸半露，清晰无误。心里紧了一下。听他正在作最后陈述，听腔调倒也平静，字词略加了斟酌，把该承担的，都承担了，并不推卸责任。说来说去，自然少不了一个悔字。

再看他老婆，也穿着囚服，侧脸半露。接口作最后陈述，嘴里支吾嗯哼，不很明白，像是在哭，又像是在悔，又像是不服，更像是抱怨。

何碧秋看着听着，心中忽然一跳，感觉这个女的十分眼熟。又看，目光迷离了。抬眼再看，第一眼过去，不能确定。看第二眼，依旧模糊。揉揉眼窝，仰脸再瞅，看清楚了，心里不敢相信。

这时结束庭铃拉响了，法警过来带走被告人。趁那女被告转身露出正脸，何碧秋抓紧再看，这次清晰无误了——正是那天跟吴维丝吵架的取款妇女。

挤出嘈杂人群，在审判大厅外面跟周维乐接上头，不容他开口，那店主老孙抢道：“不提防是在毗邻的这个市审判，加上案件捂掩得紧，平生第一次迟误了信息。好在我亡羊补牢，急找当地熟人打听过，前因后果已经到手，保证十分翔实。”

听他往下说道：“方昭耀其实是毁在他自己手里，更确切来说，是毁在他老婆手里。发案虽然蹊跷，也并不复杂。最初他犯的是个小案，挨一挨就能过关。当时他在省党校学习，听到纪检部门找谈话，心里探不到深浅，不免慌忙，往家里打了一个电话，通了气息。接着又连夜悄悄溜回家，再悄悄赶回省城。他老婆今年五十三四，正逢更年期，本人性格又很浮躁，骤逢变故，七想八想，思路岔了，沉不住气，给丈夫打电话，发觉被切断了通信，更沉不住气，认定出了大事。她也不想想，若真是犯事，早就天罗地网布置好，插翅难飞。正因为是认死理，惑住了心窍，她就干了一桩连傻瓜都不会干的傻事：从家中赃款里随手抽了一张，却是一笔巨额存款，午时三刻就要领取。也不知她是想携款飞鸟投林独身潜逃，还是想拿它上下打点买通活路。说她当时焦躁得鸡飞狗跳，火烧火燎，像是急赶着去被杀头似的。却碰上一个障碍，那银行自有规章，营业员不敢擅权办理。双方卯榫尺寸不对，话不投机，吵了起来。到这种地步，本也罢了。谁知又起波澜，就像古书里说的因果报应，她做惯领导夫人，作威作福若干年，苍天有眼，全部记录在案，借这个机遇，存心让她现世活报。说白一点，是她鬼神附身了，不但撂下狠话，还真动手打击报复，将那个执行规章的银行职员一步步逼向死路。却不知螳螂捕蝉，玄机难测，老天爷指派了一个人物，却比她这个人物来头更大。这个特殊人物出面主持公道，一张白纸黑字，把她巨额存款数字，直捅到省里。省里一看，一个当市长的，既不能经商，也不可办企业，竟然有如此一笔巨款，明摆着是个黑洞！抓住这个破绽，先定一个'巨额财产来历不明'，宣布'双规'，抄了家，再抄办公室，所有底牌见了天光，一览无余，立马转被批捕……"

说到这里，感觉到哪儿不对，戛然止住。朝何碧秋脸上看看，再看看另外几个人，突然明白了，拍响巴掌叫道："啊呀，我也惑住心窍了——这特殊人物是你，被打击报复的是吴维丝，那取款妇女是方昭耀老婆——说来说去，这桩骇人奇案，却是我本人，包括你们在场各位，共同亲身经历的呢！"

何碧秋心里恍然，也不多说。听银行几位嘀咕道："怪不得行长回来，一直不松口。前几天再问，回答说：'就有报应，不用我说名字了。'现在明白其中含义了。"

周维乐见店主老孙把话都说尽了，轮不到自己说了，心里不服气，想了一想，找到一个碴口，挑剔道："说方昭耀先犯了小案，是不准确的。曾经有过正式结论，那件事情，责任并不在他。"

还是不服气，又补充说："里面还有个关键巧合。当年的公安局严局长从省纪委改调银监局，是个误传。吴维丝申诉信寄到他手里，立即批办，发案了。"

再想一想，抛出一个更厉害的消息来，说："因为款额特别巨大，情节特别恶劣，两个人都定了死刑。据说宣布和执行，一律从重从快。照此推算，相信为期不远，也就在十天半月之间了。"

何碧秋归家，等到麦子黄熟，从墙上摘下镰刀，打了一盆清水，坐在院子里，用水将那块细条青砖浸湿了，往刀口上泼了水，平按住刀身，一点一点磨起来。磨了一个下午，再起一个大早，磨好了。仰起刀刃，对着天光照照，用大拇指荡一荡，吹了一口气。眼里手里和心里，都感觉到了它的锋芒。这才下地割麦。

一墒到头，看见村里人三三两两往地里来。听见有人叫道："来了一辆警车，直抵你家门口，下来两个人，站在那里等呢。"

回家一看，不是本市车牌。再看来人，却是上次来的那两个。这时记起来，坐在审判方昭耀公诉席上的，正是他俩。听两个人赞扬说："这桩省内、国内头等要案，你功不可没。一是吴维丝申诉信，寄得及时。二是上次我们来暗访，保密得好。"

转回正题，果然是为方昭耀的事而来。说："案子判了，两个都是死刑。没有上诉。方昭耀提出，临刑之前，他想见你一面。"

见何碧秋脸上懵懂，解释说："今天下午，案子就要执行，方昭耀得到消息，再度重提，说是唯一要求，希望满足——见与不见，主动权在你手里。"

何碧秋听了，跟丈夫万善庆商量说："人生在世，是好是歹，是正是邪，是仙是妖，都是一个活。眼看他走在别人前面，一条性命就要结束了，肚里憋着什么话，想说出来，也是在情在理的。"

答复说："我走一趟，见吧。"

紧赶慢赶，到了毗邻的这个市，时间略有宽裕。抓住这个空隙，借用警车，去郊区探看吴维丝，说了几句话，宛若铁锻钢打，没有任何回应。泪水又忍不住流出来了。擦干眼窝，转向法院这边来。

却见人比上次还多，那审判大厅拥挤不下，漫溢到门口台阶上。那台阶上下站满了，马路上也都是人。何碧秋坐在警车里，听见鸣了两声警笛，人群闪让而开，穿插过去。进了审判大厅后面，下车，跟着走进一个偏厅，却是跟审判台通连着的。

廊道里一阵锒铛撞响，见方昭耀戴着脚镣手铐，被两个硕壮法警押着，蹒跚进屋。屋里两个人见了，上前相帮着两个法警，把方昭耀扶坐在一张固定椅子上，卸下手脚上的镣铐。原来那椅子是特制的，本身焊铆有镣铐。把双脚双手束缚在椅子上。拴上那块木板，卡牢脖颈。说："只有十分钟。"又叮嘱几句，一齐出去，让两个人说话。

四目一对，片刻无声。何碧秋抬腕看表，打破沉默说："剩下九分五十秒，全归你。有什么要说的，抓紧吧。"

倒见方昭耀情绪平静，像是把临死之前所有不能挨的难关，都提前逐一挨过去了。听他说："议论纷纭。说我死在老婆手里，死在吴维丝手里，死在你手里。我也不评价了。吴维丝目前状况，我很清楚。我也不道歉了。跟你见面，只说一件事情。"

说："我当年读书，本科、硕士、博士，专业都不涉政坛。而立之年，遇上一个意外机遇，进了官场，而且是平步青云，一蹴而就，直接成了班子成员。带着家人回故乡，向老母亲报告喜讯。你想必听说过，我自幼失怙，母亲拉扯我长大，万分艰辛。她老人家听说我进了政界，还当了不小的官，眼睛看看我，再看看我老婆，不喜反忧，脸色格外沉重，愣了好半天，挤出一句话：'儿，世上千条路，有些路，不能回头啊。'说完以后，不看别人，只盯着我一个人，一声不吭，像是要等我回答一声'明白了'。后来，就在我仕途通畅，一路做到市行政一把手的时候，母亲走了，弥留之际说的，还是那句话。当时，她老人家一口气怎么也咽不下去，拖挨了那么久，也像是在等我回答，说声'明白了'。想我活了这一生，有益事也罢，有害事也罢，到眼前地步，我不后悔，却只有这个抱憾——本来过了今天，我跟母亲地下见面，是可以回答她的。可是，老人家的意思，是让我活在人世时给个答案——此时此刻，烦请你代替她老人家，听我一声回答：'我明白了。'"

到这里，收煞住声腔，说："好了。谢谢。时间到了。"

话音落地，门外等着的几个人进屋，带他走了。

何碧秋留在偏厅，透过窗户来看审判大厅。只见旁听席人头攒动，就像清晨村头水库边数不清的鱼在张口探脑，踊身蹿跃。庭铃嚓啦一响，审判台上各就各位。方昭耀夫妇二人，各被两个法警扶拥着，带进被告席。审判长宣读完死刑执行令，立即有人过来验明了正身，又拿出黑布套，把两张脸罩住，只露出眼睛。带到门外，上了一辆警车，并没有驶出大门，而是直接开往后面去了。

不到一刻钟，听见人声鼎沸，见所有的人都拥到这边来。刚才那辆警车已经返回过来，笛声猝响，灯光闪烁，后面跟着一辆殡葬车，驶出大门，急促远去了。

耳边一阵乱，七嘴八舌，说刚才方昭耀夫妇是被注射执行死刑，在本市属于首例。又说这台死亡机器系由国外引进，价格十分昂贵。再说将这样一大笔款项白白耗费在该死的犯人身上，实在不值。说来说去，那人群也开始往大门外散了。

听见话题集中到这个案件上来，说得乱中更乱了。不但方昭耀夫妇，还把牵连其中的每个真人，也包括何碧秋、吴维丝，全部指名道姓说了出来，却掺杂进了无数不可考证的佐料，把案件演绎得偏离原题，竟像一出流传已久的古戏，千回百转，曲折离奇。

回家告诉丈夫万善庆："俗话说'十里无真言'，今天得到应验。事情本身被传得支离破碎，不是原样了。比如说我，整天瞪着两眼，手握一把快刀，巡临天下。方昭耀夫妇不幸撞上，咔嚓一响，手起刀落，两颗人头坠地——好像是我亲手杀了这两个人！"

万善庆说："这个案件，多多少少，与你是有一些关联的。随它去罢。"

安慰几句。洗漱干净，上床睡觉。

附 录

英文版序

《万家诉讼》这部小说，是在一种颇为特殊的情况下写成的。

1990年底，我正在数百里外的农村深入生活，忽然得到消息：我在省城居住的简易宿舍楼深夜失火，一幢楼全部烧毁。我以最快速度赶回省城，面对的是一片残烟未尽的废墟，包括手稿、藏书（7个书橱）在内的所有家产，荡然无存。全家人只好凄惶寄居在临时安置的小旅馆单人房间里，连吃饭的碗筷和洗漱的毛巾牙刷都没有。

面对骤然降临的天灾，我的内心突然出现了从未有过的安详宁静，竟然产生了一种不可抑制的写作冲动。

失火的第二天，当我在小旅馆房间里摊开纸笔写这部小说时，恰好一位当时分管宣传文化的省领导来慰问受灾人员，看到我一声不吭地憋在房间里埋头写小说，她吓了一跳，以为我头脑受刺激出了毛病。

实际上，我当时非常冷静，很想写一部能够超越自己以前作品的中篇小说。为此，我选用了自己比较倾心的法制题材，构思了一个一句话就能说完的故事：农妇状告村长，告到乡、县、市公安部门，又诉至法院再上诉二审获胜。我试图逼迫自己在这种简单事件和有限天地里，追寻最佳结构方式和独特叙述视角，从而激荡波澜，充分地收融生活容量，展示原汤原汁的社会风貌，将人物写得既鲜活独异又普通真实。与此同时，除了追求叙述语言的质量和感觉之外，还注意使用了“讨个说法”之类的生活用语——10天以后，这部小说顺利完成，取名《万家诉讼》。

就在写作此稿期间，我收到了《中国作家》编辑赵虹寄来的一封在我看来有点不可思议的约稿信，她并不知道我遭遇火灾的事，却在信中让我写一部“是既高瞻远瞩的，又通俗易懂，又是洞察人心的，并且新鲜、独特、与众不同”“最好是当代、现实生活的题材，读来令人惊心动魄”的中篇小说。没过两天，赵虹又来信要求“即使不惊心动魄，总得震撼人一些，让头儿读了坐不住，或者长叹、感慨一番，或者喝茶深思一番也好”——在短短时间内，她一共来了整整10封催稿信（后来，我把这10封信连同信封邮戳一起复印寄给了中国青年出版社的《小说》杂志，信的全文发表于该刊1995年5期《小说书简》栏目）。

于是，我抱着试试看的态度，将刚完成的《万家诉讼》寄给了赵虹。《中国作家》随即在第3期头条位置予以刊发。

稍后，《小说月报》第8期头条和《新华文摘》第8期转载了这部小说。《中国文学》则将其翻译成了英、法两种文字。《人民日报》和《作家报》分别发表了对这部作品予以肯定的评论。

至此，应该说这部小说总算有了一些反响。不过，我已经够满意了，对它并没有更高的期望，至于后来被改编为电影，更是意料之外的事。

1991年5月，我参加了在北京二十一世纪饭店召开的全国青年作家会议。会上赠送的文学刊物中恰好有《中国作家》第3期，来组稿的长春电影制片厂王晓莲以及中国电视剧制作中心、北影厂的两位女编辑无意中看到《万家诉讼》，颇感兴趣，便问是否愿意改编电影。我表示同意，但提出须由我自己选导演。随后，我提到了张艺谋的名字。但是对方告诉我，张艺谋目前正受到猛烈抨击，他所执导的两部电影《菊豆》和《大红灯笼高高挂》均未能公映，在这种情况下，找张艺谋当导演根本没有可能。结果，这次合作没有成功，我也把此事丢在了脑后。

过了3个多月，我突然意外地接到了张艺谋的加急电报，说准备将《万家诉讼》改拍电影。不久后我到北京与张艺谋见面，才知道这件事具有很大的偶然性和戏剧性。当时，张艺谋正在重庆筹拍著名作家刘震云的《一地鸡毛》，开机前夕他上街办事，路过邮局时按惯例进去买文学刊物，他先买了一本《中国作家》第3期，头条是《万家诉讼》，二条、三条分别是著名作家从维熙和邓友梅的中篇。随后，他又买了一本《小说月报》第8期，也在头条位置转载了《万家诉讼》，后面是另一位著名作家王蒙的中篇。他觉得有些奇怪，信手翻阅起来，没想到被小说开头的"太阳好起来了"和"讨个说法"吸引了，便在邮局里一口气读完了这部不足3万字的小中篇，接着，他买了20本杂志，回去分发给剧组成员，同时传真给远在香港拍摄《梦醒时分》的巩俐。经与剧组成员及巩俐磋商取得了一致意见，于是临时做出决定，改拍《万家诉讼》。

在北京与张艺谋签约后，我俩曾口头约定，将在《万家诉讼》、《碧秋嫂告状》和《碧秋打官司》（小说主人公农妇名叫"何碧秋"）中选择一个做电影的名字。后来，在剧中扮演李公安员的戈治均（参加人民大会堂首映式时我俩住一个房间）转告我，由于电影人物对话采用方言，“碧”“秋”两字的读音在陕西话中属于不能并用的“脏话”，这部电影因此由《碧秋打官司》而最后定名为《秋菊打官司》。

张艺谋对这部小说的改编是相当成功的，电影公映不久，即获得中国长春首届国际电影节金杯奖、中国电影金鸡奖、百花奖和政府奖，此外，还获得第49届威尼斯国际电影节金狮奖，主演巩俐也第一次在世界电影节上获得最佳女演员称号。

张艺谋在《当代电视》1992年第10期上，这样评价了小说《万家诉讼》与电影《秋菊打官司》的关系：“《秋菊打官司》这部电影，首先是小说原作写得好，它给我们提供了思路。中国电影离不开文学，中国电影的繁荣与否和文学繁荣与否有直接关系。我们几代导演成功的范例都是由文学作品改编而来的……近几年文学的变化和小说的追求，为我们提供了思路，刺激着我们这些人怎么从过去的风格里演变出来，怎么采取一种新的创作方法。我们确定用故事片与纪录片相结合的方法拍摄《秋菊打官司》，便是原小说的风格为我们提供的思路。”

由于电影在国内外影坛上的轰动效应和强大社会穿透力，《万家诉讼》这部小说走向了更多的读者：《万家诉讼》被威尼斯大学教授弗龙佐翻译成意大利文、被德国学者旷斯特凡翻译成德文，分别在罗马、柏林等地出版单行本。我国台湾地区一家出版社也以非常优厚的稿酬，出版了我的小说集《秋菊打官司》繁体字版本。

也许应该一提的是，这部小说中的“讨个说法”，已经成了当代社会的流行词。

二〇〇〇年十月十八日

致意大利翻译家弗龙佐的一封信

弗龙佐先生：

您好。从罗马寄来的信收读，谨答复如下：

“太阳好起来了”。THEORIA出版社社长不同意您的译法，认为应作“天气暖和起来了”或“太阳变热了”。THEORIA出版社社长的看法是不准确的。在这部作品里，我尝试着追求一种文字叙述的平白如话，同时注意讲求语言的感觉和语言的质量，“太阳好起来了”即是一种感觉，是描述太阳的一种“新的状态”。这样写比“太阳升高了”和“天气好起来了”要好，张艺谋曾说过，他当初就是被这句话吸引，站在邮局里一口气读完小说的。我个人认为，你对这句话的理解比THEORIA出版社社长确切一些，但意大利文我一点儿也不懂，能否找到更接近原意的一种译法？

“牙锹”。是一种农具，形似月牙，它比中国农村的“鸭锹”稍大一些。鸭锹是放鸭用的，大小如厨房里的锅铲，装有长柄。放鸭人用它挖小块泥土抛出去，以控制鸭群。牙锹比挖土的铁锹又小一些，大约是铁锹的三分之一大。农民冬天把塘泥挖挑在麦田里，然后就用这种牙锹剁成小块，均匀散布开来，当作肥料。这是以扬州为中心的维扬地域农村冬天常做的农活。

“说法”。这是我的家乡话，也是流行于中国维扬地域的一句口语，它的涵盖面和容量很大。我的家乡天长市行政上隶属于安徽省，但风土人情和语言习俗上却与江苏维扬地域相同。我们这里说的是扬州话，烧的是扬州菜，地方戏是扬剧，有个挺正规挺有名气的扬剧团。这儿的人在日常生活中动不动就“讨一个‘说法’”。秋菊跟人打官司，用书面语言应该是“讨一个‘公道’”，写小说时我用了“说法”，是想更亲切一点，更生活化一点。事实上，“说法”这个词包含有“公道”在内，而且覆盖的内容更为深厚。

“……九天了了，了九过后”。“九天”是中国农历中常用的术语，从冬至起每九天是一个“九”，从一“九”、二“九”直到九“九”，合计八十一天。这句话里的第一个“了”是“完了”的意思，第三个“了”也是“完了”的意思。我们家乡人就是这么说话的，非常生活化，亲切生动。写成文字，却又有一种特殊的韵味。小说刚发表时原稿上这句话曾被删去，后来《小说月报》和《新华文摘》转载时恢复了原样。

……

书出来后，样书请寄我家庭地址，这样比寄到单位能早一点收到。

代问绵引圣子好！

陈源斌

一九九三年一月十八日

图书在版编目(CIP)数据

秋菊传奇 / 陈源斌著.—北京：中国法制出版社，2021.12

ISBN 978-7-5216-2078-8

Ⅰ.①秋… Ⅱ.①陈… Ⅲ.①长篇小说–中国–当代 Ⅳ.①I247.5

中国版本图书馆CIP数据核字（2021）第148660号

策划/统筹：李　佳（amberlee2014@126.com）

责任编辑：王　悦（wangyuefzs@163.com）　　封面设计：汪要军

秋菊传奇

QIUJU CHUANQI

著者 / 陈源斌

经销 / 新华书店

印刷 / 三河市国英印务有限公司

开本 / 880毫米×1230毫米　32开　　印张 / 9.75　字数 / 160千

版次 / 2021年12月第1版　　2021年12月第1次印刷

中国法制出版社出版

书号ISBN 978-7-5216-2078-8　　定价：49.80元

北京市西城区西便门西里甲16号西便门办公区

邮政编码：100053　　传真：010-63141852

网址：**http://www.zgfzs.com**　　**编辑部电话：010-63141831**

市场营销部电话：010-63141612　　**印务部电话：010-63141606**

（如有印装质量问题，请与本社印务部联系。）